2019 年 11 月 14 日，作者（右四）进京采访了李人凤的七儿子李克立（左四）、十儿子李克实（右二）、二儿子李克进之女李晓岩（左二）、曾外孙寇鲁林（右一），以及当年与李人凤一起战斗过的老战友景晓村之子景东海（左三）、杨国夫之子杨凯（右三）

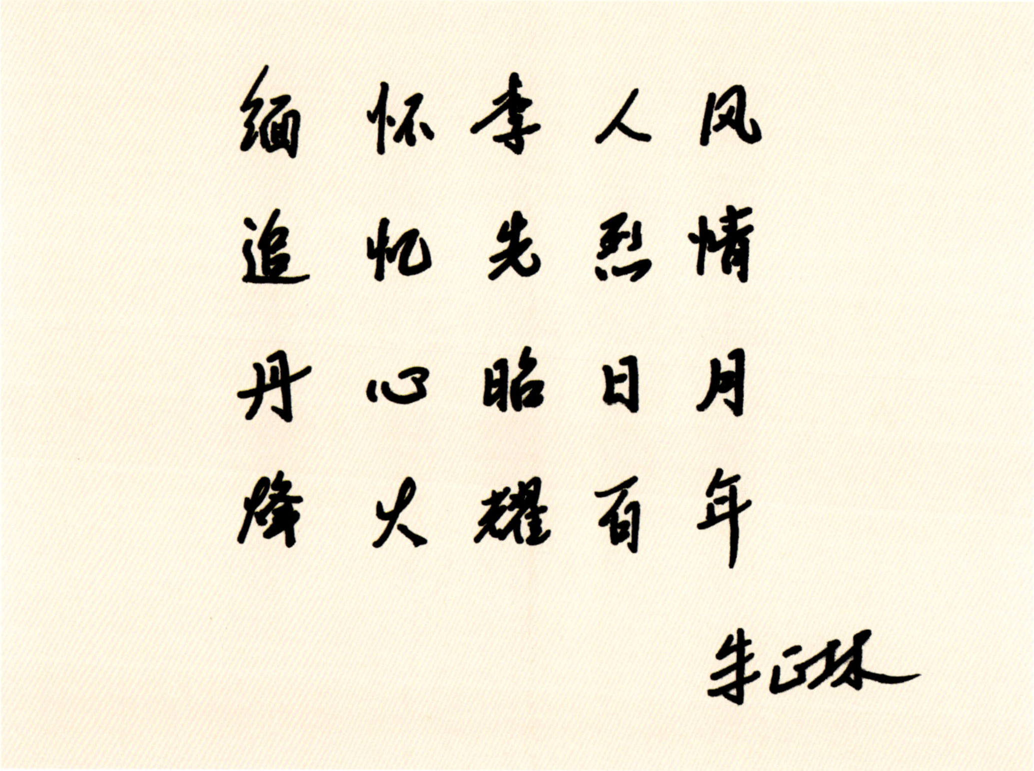
缅怀李人风
追忆先烈情
丹心昭日月
烽火耀百年
朱正林

2021 年 7 月 1 日，中共临淄区委书记朱正林题词

抗日烽火中的李人凤

周游 著

山东大学出版社
SHANDONG UNIVERSITY PRESS
·济南·

图书在版编目(CIP)数据

抗日烽火中的李人凤 / 周游著. —济南：山东大学出版社，2022.9

ISBN 978-7-5607-7611-8

Ⅰ. ①抗… Ⅱ. ①周… Ⅲ. ①传记文学—中国—当代 Ⅳ. ①I25

中国版本图书馆 CIP 数据核字(2022)第 169949 号

责任编辑　楚洋洋
文案编辑　肖世伟
封面设计　绿风文化

抗日烽火中的李人凤
KANGRI FENGHUOZHONG DE LI RENFENG

出版发行　山东大学出版社
社　　址　山东省济南市山大南路 20 号
邮政编码　250100
发行热线　(0531)8836008
经　　销　新华书店
印　　刷　淄博汇丰印刷有限公司
规　　格　710 毫米 × 1000 毫米　1/16
　　　　　16.75 印张　180 千字
版　　次　2022 年 9 月第 1 版
印　　次　2022 年 9 月第 1 次印刷
定　　价　58.00 元

载入史册的英雄

（代序）

翻开一部部波澜壮阔的中国军民抗战史，回首一段段非凡曲折的峥嵘岁月，无不为成千上万的共产党人和革命志士“苟利国家生死以，岂因祸福避趋之”的坚定信念和钢铁意志所打动。他们用自己的鲜血和生命实践展现出的舍生忘死的爱国情怀，永远是激励一代一代中华儿女砥砺前行最宝贵的精神财富。

在整个抗战过程中，齐鲁大地作为晋冀鲁豫革命根据地的重要组成部分，发生过许许多多可歌可泣的动人故事，其中打响“清河平原抗日第一枪”的故事流行最广，影响也最大，因为这是日寇进入山东后所遭到的革命力量的第一次沉重打击。

这个故事的主人公李人凤本是齐都临淄西关小学校长。

出身贫寒的李人凤最初最朴素的理想信念是驱除黑暗，尽自己的绵薄之力挽救于水火之中受苦受难的同胞。十几岁的时候，他便以法律为武器，主动帮助一位素不相识的乡下姑娘反对包办婚姻，争取个人自由，击败了封建恶势力，产生了反封建思想的萌芽。考入省立第四师范学校（四师）以后，他受班主任、共产党员马石庵影响,自觉接受了马克思主义和共产主义思想的启蒙。九一八事变发生后,又是在四师党支部的领导下,他以学生自治会会长的名义,高喊“有人的出人,有钱的出钱,抗日救国保家乡,头可断,血可流,不给日寇当马牛”的口号,带头组织多所学校的学生,展开一次又一次的抗日救亡宣传活动。他加入革命文学团体“左翼作家联盟”,创办革命刊物《我们的》,并积极为中共益都(今青州市)县委油印、分发党内宣传品,不惧反动当局的追捕。到临淄西关小学任教后,他又积极革新教学内容和形式,充分利用教育阵地,培养青年学生渴求知识报效祖国的爱国热情。

七七事变发生后,日寇长驱直入齐鲁大地。为了抗击日本侵略,保家卫国,李人凤以当地高年级学生和青年教师为基础,迅速组建“临淄青年学生抗日志愿军训团”,在淄博市临淄区矮槐树村附近伏击了日寇先遣小分队, 沉重打击了日本侵略者的嚣张气焰。从此以后,他率领军训团官兵坚定信念,骁勇善战,在抗击日寇和同国民党顽固派的斗争中,多次使党组织和人民军队在挫折和低谷中转危为安,逐步创建了清河平原抗日根据地和渤海抗日根据地,为巩固和扩大山东抗日根据地发挥了重要的作用。

“参天之树,必有其根;怀山之水,必有其源。”习近平总书记于 2021 年 6 月在《求是》杂志发表的《以史为镜、以史明志,知史爱党、知史爱国》一文中指出:“历史是最好的教科书。要了解我们党和国家事业的来龙去脉,汲取我们党和国家的历史经验,正确了解党和国家历史上的重大事件和重要人物。这对正确认识党情、国情十分必要, 对开创未来也十分必要。” 2021 年 6 月 25

日，习近平总书记在主持十九届中共中央政治局第三十一次集体学习时强调："红色资源是我们党艰辛而辉煌奋斗历程的见证，是最宝贵的精神财富。红色血脉是中国共产党政治本色的集中体现，是新时代中国共产党人的精神力量源泉。"当前，在中国共产党成立百年之际，在全党全军全国各族人民为实现中华民族伟大复兴而不懈奋斗的伟大征程中，我们必须把搞好国防教育、爱国主义教育深深根植在红色资源的沃土里，从红色基因中传承血脉，从革命历史中汲取精神养分，让红色基因始终保持旺盛的生命力，进而唤起"为有牺牲多壮志，敢教日月换新天"的雄心壮志。

为了传承红色基因，向建党百年献礼，我们人武系统涌现出的军旅作家周游同志，决心从挖掘身边的红色资源做起，从抗日先驱李人凤写起，在干好本职工作的前提下，利用三年多的业余时间，沿着李人凤的革命足迹，筚路蓝缕，不辞辛苦，行程数千公里，深入绵长的胶济铁路沿线、南部山区，走遍广阔的清河流域、渤海平原，进行了深入细致的采访和持久艰苦的创作。现在这部洋洋近二十万字的长篇报告文学《抗日烽火中的李人凤》，在建党百年之际，带着油墨的芳香终于与广大读者见面了。

这部作品以大量珍贵的党史和抗战史料为基础，以全国军民团结一心、抵抗侵略为大背景，以临淄县的抗日斗争为中心，辐射益（都）寿（光）临（淄）广（饶）四县边区如火如荼的抗日活动，重点刻画塑造了李人凤等抗日先驱和革命志士，以维护和拯救民族利益为己任，守土有责、舍生取义的光辉形象，为我们提供了一部学习党史、了解党情、锤炼党性、砥砺前行的鲜活教材。

中国共产党的一百年是创造辉煌开创未来的一百年，百年党史更是一部筚路蓝缕、凤凰涅槃的历史，承载着接续前行的宝贵经验与迎接未来的光明希望。“常思来路多艰辛，今朝砥砺自奋蹄。”作为新时代的党员干部，要追忆历史、找寻历史，汲取党史中的磅礴动力，锤炼志存高远的朝气、与时俱进的锐气、敢为人先的勇气，在奋斗征程中搏击风浪、中流击水、勇挑重任。

百年恰是风华正茂，未来仍需风雨兼程。百年历史不是一本沉厚、晦涩的文化读本，而是一部践行初心使命、求真求进的奋斗史诗，更是一幅镌刻中国人民百折不挠、越战越强“民族精神”的擎天巨画。风雷上的激荡、平凡中的坚守，中国人民不屈的精神和中国共产党为民服务的使命担当不会被历史风尘所掩埋，而是会通过党史教育成为人民心中不可磨灭的永恒记忆，成为我们奋勇前进的持续动力。

是为序。

中共淄博市委常委、淄博军分区司令员　王培泉

2021 年 7 月 1 日

目　录

引　子

七七事变发生后，日军沿平绥、平汉、津浦三条铁路同时向华北地区疯狂进攻，扬言要以三个月时间"灭亡中国"。1937年7月8日，中国共产党中央委员会向全国人民发出通电："全中国人民、政府和军队团结起来，筑成民族统一战线的坚固长城，抵抗日寇的侵略。"全国各族人民、各界爱国人士积极响应中国共产党的号召，纷纷投入抗日洪流中。

1937年12月，日寇的铁蹄踏过德州，由齐河城渡过黄河，先头部队的炮弹开始落入济南城。

消息传入第五战区，司令长官李宗仁立即发出急电，要求国民党山东省主席、担任第五战区副司令长官兼第三集团军总司令的韩复榘凭借黄河天险，将日寇拦截在山东的西北大门以外。

然而，令人难以想象的是，韩复榘不但对李宗仁的命令置之不理，而且未对来犯之敌采取任何形式的抵抗，便带领省政府大员及其家眷仓皇逃窜。一夜之间，山东防线土崩瓦解，四天之后，日军不费一枪一弹就占领了济南。

与此同时,另一路日军经陵县、齐东,由曲堤过黄河,一路南下,1937 年 12 月 26 日占领周村,27 日占领张店, 并准备沿胶济铁路继续东进,企图打通鲁中地区到胶东沿海的战略通道。

临淄县立西关小学校长李人凤得到日军准备东犯的情报后,经与陈梅川、李曦晨等认真筹划,决定率领由 120 人组成的临淄青年学生抗日志愿军训团,在临淄东南矮槐树村和合顺店村之间的铁路两侧进行伏击。这些刚刚放下书本的新战士们,在浓浓的夜色掩护下,忍受着刺骨的寒冷,静静地趴伏在枯黄的草丛中,耳边除了"嗖嗖"呼啸的西北风,初次临敌,他们似乎没有感到紧张和恐惧,反而有说不出的兴奋和神秘。一个学生自豪地说:"同学们,我们现在是真正的抗日了!"大家都会心地笑了。

次日清晨,太阳如一只巨大的火球喷薄而出,肆虐的朔风经阳光一照,顿时失去了威力。大约 8 点多钟的时候,在临淄西侧愈远愈窄的铁轨上,出现了第一辆日本鬼子的摇车子[①],接着第二、第三、第四辆从后面依次跟了上来。

阳光映照出车上的"膏药旗",高高架着的机关枪以及后面手持步枪的鬼子兵。战士们抖搂一下身上的冰霜,屏住呼吸,子弹上膛,食指贴在钢枪的扳机上,眼睛紧紧盯着这伙即将侵入家门口的强盗。

敌人的身影越来越近了,四百米、三百米、二百米……当敌人进入伏击圈时,李人凤一声令下:"打!"正面迎敌的战士们,怀着对侵略者强烈的愤恨,扳动 40 支"汉阳造"一齐射出复仇的子弹。

①在路轨上用手摇前进的小车。

从华北一路入侵南下，基本未遇到武装拦截的鬼子兵，突然遭到不明情况的猛烈打击，顿时乱作一团。前面两车上的鬼子还没明白发生了什么就送了命，后面的鬼子“哇啦哇啦”地乱叫乱跑，趺趺撞撞躲到铁路北边的斜坡下企图进行抵抗。混乱之中，有三个鬼子从前面穿过涵洞来到路南，顺着路沟向军训团射击，战士于景河不幸中弹，当场壮烈牺牲，李炳琦身负重伤。见身边的战友接连倒下，一名战士以涵洞作掩护，愤怒地举枪向鬼子还击，另外几名战士索性抱着枪就地十八滚，越过铁路对北坡的敌人穷追猛打。大家乘势冲向阵地，三名穿洞而过的鬼子接连被击中倒地，受伤的日军小队长吉田藤太郎正绝望地举起手枪向军训团的一名战士瞄准，被一枪打得脑浆迸裂，一命呜呼。

军训团缴获的日军战利品(李晓岩 提供)

中午时分,日军残敌才在援军的接应下狼狈地缩回张店老巢。

此次战斗,打死日军7名,打伤3名,缴获枪支、弹药、指挥刀等一大批战利品。

矮槐树伏击战是日寇侵入山东后在胶济线上遭到的第一次沉重打击。被载入抗日战争光辉史册的临淄“学生军”,在李人凤的带领下,打响了山东胶济铁路沿线抗击日本侵略者的第一枪,揭开了清河平原广大军民团结一致共同抗击日本侵略者的序幕。

第一章 志存高远

李人凤从“凤凰集香木自焚，复从死灰中更生”的古老传说中生发强烈的爱国情怀。他在省立四师接受共产主义思想启蒙，积极加入左翼作家联盟，担纲学生自治会会长。开始接触马克思主义，编撰进步刊物，开办职工夜校，培养革命骨干，带头宣传抗日救亡思想，秘密开展革命活动，不惧反动派多次追捕。

一、雏凤

1

“凤凰于飞，翙翙其羽，亦傅于天……”

秋后的原野历经一夏的昼炙夜烤、风雨侵袭，日渐变得醇厚而丰满。矗立成林的高粱秆上笼着一团团偶露白头的紫红，微风吹过，沙沙作响，如幻如梦，如痴如醉。

少年独自一人静静地躺在柔软而温馨的土地上，透过枝枝相扶、叶叶相交的高粱间隙，久久仰望着支离破碎的蓝天。突然，一只黑枕黄鹂婉转着悦耳动听的鸣唱，抖擞了一下鹅黄的羽毛，掠过红红的高粱枝头向远处飞去。鸟儿飞过之后，蹭掉的高粱米连同它的粪便扑扑啦啦撒了少年一身。

少年非但没有恼怒，反而由此联想到《诗经》中描写神话传说中的凤凰：“青天高高凤凰飞，百鸟纷纷紧相随，直上晴空迎朝晖。”这是多么富有理想而又浪漫的生活情境。

这么美丽神奇的鸟儿，大自然中到底有没有？偶然的机会，少年读到了郭沫若先生创作的长诗《凤凰涅槃》，由此消除了长久萦绕在他脑海中的困惑。

原来凤凰是古代传说中的百鸟之王，雄者为凤，雌者为凰，合在一起称为凤凰。凤凰亦称丹鸟、火鸟等，常用来象征祥瑞，凤凰齐飞是吉祥和谐的象征，自古就是中国文化的重要元素。

后来，少年通过向老师请教得知，这首长诗借“凤凰集香木自焚，复从死灰中更生”的古老传说，表现了中华儿女强烈的爱国情怀和狂飙突进的时代精神。诗人笔下的凤凰壮美而崇高，她大胆否定旧现实的一切，扬弃因袭的旧我，严厉斥责浅薄猥琐的群丑，热烈向往新鲜、净朗、华美、芬芳的新世界，体现了彻底反帝反封建的战斗精神和乐观主义情怀，充分表达了彻底破坏旧事物、创造新光明的进步社会的理想。

“这凤凰不仅是青年诗人的化身，也是民族和祖国的象征呀！”这首有名的长诗最初在《时事新报》“学灯”副刊发表的时候，这位善于思考、富于幻想的少年，后来成为清河地区、渤海平原抗日先驱的李人凤只有9岁。

他的家乡就是当时有“鲁中粮仓”之称的临淄。

2

临淄是齐国古都、国家历史文化名城，这片神奇的土地，不但孕育了开放、务实、包容、博大的齐文化，而且铸就了当地人民自强不息、勤劳勇敢、高扬向上的民族精神和伟大的爱国主义精神。浩如瀚海的历史卷帙上，深深镌刻着大批豪杰英才、仁人志士的丰功伟绩。近代以来，反抗压迫、抵抗侵略、追求真理的革命先烈们更是用自己的鲜血甚至生命换来了这方水土的独立和自由。

2002 年 7 月，家乡人民在村内立碑，表达对李人凤的深切怀念和崇高敬意（李新生　摄）

临淄北部有个皇城镇，镇政府驻地向北 8.5 公里处是远近闻名的“中国西红柿第一村”，即 2019 年入选山东省美丽乡村示范村名单的南卧石村。该村明代以前立村，以村北的文物卧跪式石羊而得名，又因村北相邻广饶县有东、西、北三个卧石村，而后改称南卧石村。从这个村里，走出过一些历史名人，其中抗日先驱李人凤令父老乡亲最为敬仰和自豪。

1911 年 2 月 18 日，李人凤出生在一个普通农民家庭。父亲李其昌淳朴厚道，虽然不是大富大贵，倒有些田产，尚能自给自足。为了秉承祖辈的本分厚道，李其昌便为这个可爱的孩子取名李本厚。没想到这个素有冲天之志的后生，崇尚传说中凤的志向，后来将自己的大名改为李人凤，其立志做“亦傅于天”“人中之凤”的远大抱负可见一斑。

就是这一年，中国发生了几个大的事件，最重要的是四川保路运动、广州起义和武昌起义。

4 月 27 日，为了推翻清政府的腐朽统治，由孙中山策划，黄兴率领革命党人发动了进攻两广总督署的广州起义，后来将死难的 72 具烈士遗骸合葬于城郊的黄花岗，留下了“黄花岗七十二烈士”的英名。这次起义失败后，以“文学社”和“共进会”为主的革命党人，于 10 月 10 日发动武昌起义并取得了胜利，之后建立了亚洲第一个民主共和国——中华民国，中国历史翻开了崭新的一页。

李人凤在动荡的社会和艰难的家庭生活中逐渐长大成人，当他 11 岁的时候，弟弟李健为出生。而此时年景不好，水、旱、疫灾频发，田产收获无几，全家忍饥挨饿，孱弱的母亲哪还有什么奶水，弟弟饿得连哭的力气都没有。

孝顺的人凤面对满脸愁容的母亲和嗷嗷待哺的弟弟，饿着肚子爬到老榆树上，硬生生剥下树皮回家舂成粉，用水冲了给弟弟喝。然而，灾情面前，忍饥挨饿的并非只他一家，待他再回到树旁的时候，那树干早已裸露于野，树皮被剥得精光。

总不能让弟弟活活饿死吧！人凤从母亲怀里双手接过骨瘦如柴的弟弟，一家一家地打听谁家媳妇刚生了孩子，他便硬着头皮敲开人家的门，为弟弟乞讨一点奶水吃，才勉强让这个小生命坚持着活了下来。

亲情深似海，兄弟如手足。1964 年 5 月，年过半百的李人凤出差辽宁见到弟弟李健为时，心潮起伏，有感而发，在宾馆内写了一首长诗《兄弟歌》：

当年有对小兄弟，生在农村穷家里。
家贫娘疾大姐忙，哥哥得闲抱弟弟。
春抱弟弟挖野菜，夏抱弟弟守瓜畦，
秋抱弟弟拣豆粒，冬抱弟弟拾枯枝。
弟弟笑时哥哥笑，弟弟哭时哥哥泣。
儿童哭笑本常事，笑时却比哭时稀。
官府军阀重捐税，地主老财高租息。
收了夏粮交捐税，收了秋粮债主逼。
虽有薄田八九亩，一家十口半年饥。
过年只有糟糠饼，春来树叶当主食。
妈妈劳累又多病，奶水不够喂小儿。
……

这首诗既写出了兄弟之间的深情厚谊，同时也教育子孙后代不要忘记旧社会的苦难生活。而今天的幸福生活是无数共产党人和革命先烈抛头颅洒热血，推翻了压在人民头上的三座大山才换来的,应当倍加珍惜。

兄弟歌

（一）

人凤于辽宁宾馆

一九六四年五月

李人凤《兄弟歌》打印后的手改稿

二、启蒙

1

对于弱者来说，困苦是一块高悬在头顶的巨石，随时可能落下来，将其击倒；而对于强者来说，困苦则是一条鞭子，尽管它可能抽得你遍体鳞伤，却能逼你忍辱负重，奋力前行。

在慈父李其昌的眼中，人凤自然属于后者。而对子女真正的疼爱，为其创造知书达理、学有所成的机会当属首选。

啜饮着困苦的时光，满怀着腾飞的热望，1924 年夏，13 岁的李人凤从白兔丘高级小学毕业。他想走得更远，飞得更高，但因家境贫寒，交不起哪怕微薄的学费而被迫辍学。

看到品学兼优的儿子痛苦不堪的样子，深刻明白只有饱读诗书才能改变孩子乃至祖辈吃苦受累命运的父亲，咬咬牙变卖了值钱的家产，备上礼品，托人好说歹说才将人凤送到村北邻县广饶县封家庙村的私塾就读。

先生姓高，名振南，是方圆几十里德高望重的老学究。

高先生学识渊博，出口成章，不但“四书五经”倒背如流，《三国》《水浒》随口就来，而且深谙孔老夫子办学思想之真谛。因此，在教学过程中，他坚持因材施教，因势利导，循循善诱，同时，他也为学生立下了严厉的规矩，如果你做得好，他会及时表扬和鼓励，火候也把握得恰如其分，既不会让你因取得了一点成绩就沾沾自喜翘尾巴，又不会让你放松学习掉了队。如果哪个学生不守规矩，不管你是富家子弟还是寒门学子，他都一视同仁，严厉批评，甚至逐出门外。

高先生门下所收学生不多不少，整整八个，私塾设在人凤同学任天翔的伯父任龙甲家里。在这八个学生中，人凤年龄最小，但却是最肯下功夫的一个。

有一天，高先生要求大家以“弓势月初三”为题写一首诗。

农历初三的月亮为“上蛾眉月”，此时月球位于太阳以东约45度，日落时出现在西方或西南方的低空，日落后两到三个小时便会落到地平线以下，可以看见月球正面的西部边缘，形状像反写的英文字母C，更像蓄势待发的弓箭。因此，博通天文地理的高先生便出了这么一个题目。

题目既出，同学们一个个眉头紧锁，挖空心思地琢磨，想象力天马行空。时间既到，八篇诗文陆续交到先生手上，结果其中七篇写的都是风花雪月，唯独李人凤的诗有别于他人，独出心裁。

“拟把强弩射青天。”高先生念完这句诗，一边不住地点头，一边笑容满面地写上了一段批语：“如题布置，阐发题旨，命意则足此达彼，措辞则深入浅出。按之沉实，扬之高辉，如此佳作小子得之可喜可嘉！”

“先生，这是谁的诗？”

“写得怎么样？”

……

同学们看到一向严谨、不苟言笑的先生兴奋的样子，也异常活跃起来。

“同学们！”高先生做了一个手势，课堂立马静了下来，“这诗当然写得好！那么到底好在哪里呢？”

大家的目光一起投向先生。

“这首诗首先紧扣主题，将初三时日形状如钩的月亮，比作一把强势拉开只等劲射的弓箭，既贴切又形象。而诗句隐含的深意却在于，表明了一种气概，一种志向，一种敢于向权势挑战的决心。”

面对先生的表扬、同学的盛赞，人凤并没有满足和骄傲，无情的现实虽然在他幼小的心灵深处埋下了改变命运、改变社会的种子，但他深知，只有志向，只靠理想，没有知识，没有智慧，只靠空谈和蛮干终将一事无成。因此，他格外珍惜难得的学习机会，用好分分秒秒，刻苦学习，勤于观察，认真思考。良好的习惯使他在处理任何事情时总会比别人高出一筹，而且受用终生。

2

学习的日子是愉悦的，师生之间、同学之间的感情也日渐深厚。课间休息，做个游戏，开个玩笑，甚至搞个恶作剧也是常有的事。

有一次，下午放学的时间到了，大家穿好外衣，拿好书具准备回家。这时，人凤的汗衫却说什么也找不到了。

“明明放在身后的桌子上的！”人凤找遍了教室的角角落落，仍然没见汗衫的踪影，急得额头上渗出一层汗珠。

见他十分着急而又可爱的样子，好朋友任天翔忍不住说了句：“沽之哉，沽之哉！”听到这句暗语，聪明的人凤马上就明白了，于是很顺利地从角落一只小拜匣里找到了汗衫，原来是让任天翔给藏了起来。

读过《论语》的人都知道，任天翔提醒的暗语，系孔子与得意门生子贡的对话。

《论语·子罕》中写道，子贡曰：“有美玉于斯，韫椟而藏诸？求善贾而沽诸？”

子曰：“沽之哉！沽之哉！我待贾者也。”

这段对话的意思是：“这里有一块美玉，是把它收藏在柜子里，还是找一个识货的商人卖掉呢？”

孔子说：“卖掉吧，卖掉吧！我正在等着识货的人来呢！”

因此，当任天翔一说“沽之哉”，人凤马上就想起了“韫椟而藏诸”,从而轻而易举地就找到了自己的衣服。

两年的时光转瞬即逝，人凤和天翔也一起转到了南卧石小学继续读书。他们既是相互砥砺、相互促进的同窗知己,又是志趣相投、无话不谈的挚友兄弟。

少年顽皮是人之本性,打打闹闹更是天经地义,而他们二人更多的是在轻松愉悦的打闹中互提课文、吟诗作对。

夜幕早已降临,二人温习完作业躺在床上却谁也没有睡意。天翔建议道:“反正现在睡不着,我们不妨对几个对子吧！”

“好呀！”人凤说,“你提的议,那么就由你来出上对,我来对下对。”

“那我就不客气了!”天翔说完就眼瞅帐子,联系到目前他们求学之苦,脱口而出:“青灯黄卷苦揣摩。”

“焚膏继晷勤补拙。”人凤立马对道。

“珍惜寸阴学夏禹。”天翔说。

“莫忘一瞬白驹过。”人凤答。

见连续两句人凤都毫不费劲,对答如流,天翔决定出个应景的上对难为他一下。

此时皓月当空,繁星闪烁,银色的光亮透过窗棂,撒到床头的地上。天翔灵机一动,口出上联:“愿将晨星伴皓月。”

“涓涓行潦汇成河。”人凤答。

……

天翔见夜色已晚，所出对子又难不住人凤，劲头就少了许多,眼皮也打起架来。

人凤知趣，见好就收："很晚了，休息吧，明天起不来，怕要吃先生的板子了。"

对罢对子的第二天是个月末，高先生照例通知开家长会。

其实过去先生与家长见面不叫家长会，而是粗茶一杯，围坐一团边喝茶边交流，应该称作茶话会更为确切。

都说先生是不偏不倚，一碗水端平，然而对于出类拔萃的学生，先生的喜爱推崇之情还是溢于言表。

"本厚翰苑之才，文思隽永劲丽，秉内慧外朴之质，赋谦虚持重之性，聪明深而不露，个性品行端正，前途不可限量。"人凤原名本厚，先生这段评语自然是送给他的。

听到先生对人凤的盛赞，家长们非但毫无反感嫉妒之心，反倒觉得评价中肯，言之由衷。回到家后也总是鼓励自己的孩子要以人凤为榜样，以树德立人为统领，学有所向，学有所成，做一个利家利民利社稷的人。

三、呐喊

1

1926年3月,中国共产党的创始人之一李大钊在极其危险和困难的情况下积极领导并亲自参加了北京反对帝国主义和北洋军阀的“三一八”运动,号召用“五四”的精神、“五卅”的热血,不分民族、不分界别地联合起来,反抗帝国主义的联合进攻,反抗军阀的卖国行为。然而,他的革命行动遭到了北洋军阀的极端仇视,引起了他们的恐惧。抓捕李大钊的通缉令贴满了大街小巷。

李大钊的呼吁和正义行动唤醒了国人,而最快做出响应的是全国各地的进步教师和青年学生。青州省立第四师范学校(下文简称“四师”),正是我党在青州各学校传播革命思想,组织发动青年学生进行革命斗争的前哨。自1923年5月起,王尽美、邓恩铭便多次到四师活动,建立起多个共青团组织。

这年夏天,15岁的李人凤在亲友的资助下考入青州省立第十中学读书,三年后又以优异的成绩跳级升入四师初级部三年级。

1929年秋，从湖北逃亡到北京的共产党员马石庵，应四师校长徐铁千的聘请，从北京来到四师任国文教员，不久他成为李人凤的班主任兼国文老师。

马石庵之所以一次次地被追杀，就是因为他坚决站在被压迫被剥削的劳动人民一边，像鲁迅先生一样，把手中的笔当作投枪、匕首，处处击中反动统治者的要害。因此，来到四师后，他为学生讲授的第一篇课文，便是鲁迅于1918年5月在《新青年》杂志上发表的白话文小说《狂人日记》。

小说通过一个被迫害者“狂人”的自述，深刻揭露和抨击了封建家族制度和封建礼教对人的毒害，生动地塑造了一个封建礼教叛逆者“狂人”的形象，从而号召人们团结起来，推翻人吃人的旧制度。这是中国现代文学史上第一部彻底反封建的新文学作品。

听过先生的课后，李人凤的脑海里总是浮现被封建礼教严重迫害的“狂人”的形象。

第二天，马石庵在启发学生正确认识“狂人”、认识鲁迅的基础上，又辅导学生学习了鲁迅翻译的俄国马克思主义政党社会民主工党领袖普列汉诺夫的《艺术论》，进而指导学生分析国际国内形势，学习进步报刊文章，向学生灌输辩证唯物主义和历史唯物主义观点，启发学生反帝反封建的革命思想。

都说“寒门出孝子”，其实寒门更出优秀的人才，因为他们知道学习机会的来之不易，也更明白能有所成就、出人头地的唯一途径就是掌握丰富的知识,练就过硬的本领。

李人凤勤学好问和出类拔萃的表现引起了马石庵老师的注意和喜爱,因为他发现,这个帅气而睿智的学生,不但能全面掌握学校开设的课程,还酷爱文学、书法,尤其擅长诗词。更为可贵的是,这个学生不但谦虚好学,性格豪爽,还非常有鼓动性,往往是振臂一呼,应者云集。同学们都愿围绕在他的身边,听他吟诗填词,抒发理想抱负。

优秀的学习成绩和超凡的组织才能使李人凤脱颖而出。入学不久,他便被老师和同学推选为四师学生自治会会长。在此期间,在青州地下党组织的领导下,他与师生们一起积极开展了反对教会和叛徒杜华梓的斗争,并在斗争中得到锻炼,使解放大多数被剥削被压迫的劳苦大众的崇高理想得到了升华。

家乡有一位姑娘,因长得颇有姿色,被孙娄乡一个大乡绅的公子看中。女子父母贪恋男方的钱财和势力,欲强行包办这桩婚姻,女子却誓死不从。就是这样事实清楚、情节简单的问题,女子却以"涉嫌逃婚"的罪名被告了。女子虽性情刚正,崇尚自由,但毕竟势单力薄,难以抗衡。而且当时的法律虽无法与现在相比,但一旦判决就会产生法律效力。

三九季节,天寒地冻。姑娘应诉需要进城,可两眼摸黑,兜里无钱,让她去哪里住宿?而如果不能按时到场,就很有可能造成缺席判决,便再也没有回天之力了。

此事传到李人凤那里,他决定尽己所能帮助这位可怜的姑娘,于是连夜步行几十里来到县城想方设法找到这位姑娘,再到姑母家，请她腾出一间房屋让姑娘临时居住。为了使姑娘在法庭辩论时能据理力争，李人凤还为她找了一本《六法全书》带在身上，以便随时翻看，依法应对。

在李人凤的大力支持和社会舆论的压力下，最后当局不得不做出“国家大法是保障人权的，神圣不可侵犯”的结论，姑娘终于打赢了官司，获得了自由。李人凤的侠肝义胆由此可见一斑。

1929~1932 年李人凤就读的青州省立第四师范学校(现为青州一中)

2

瑟瑟秋风强劲吹进四师校园的角角落落，烤人的暑气被赶过弥河，淹没在滔滔潍河的旋涡中。

在学校一隅的地下室内，夏洪秋、刘孟、张舜初、李曦晨、牛玉昌等一群文艺社的骨干分子，在争相传阅着一份带有油墨芳香的刊物《蒲公英》，同时被一篇犀利的文章《斗争吧，同胞们！》吸引，这篇文章的作者正是学生自治会会长李人凤。

在当时的背景条件下，学生们的课外读物十分有限，宣传进步思想、鼓舞人们士气的刊物更是屈指可数。因此，这份进步学生自行创办的刊物《蒲公英》自然成了大家争相传阅的对象。

李人凤既是刊物的主创，又是第一大写手。第一篇作品刊印后，他接二连三地写出了更多秋风扫落叶般的文章，深刻揭露了军阀混战、土匪蜂起、贪官横行的黑暗现实，以及帝国主义侵占中国领土，掠夺中国资源的罪恶行径。

刊物的出版为大家打开了一扇新的窗口，各种进步文章的连续抨击，激发了青年学生内心深处的爱国情愫和报国之志。

"星星之火如果添一捆柴，再吹一阵风，它必然会熊熊燃烧起来。"李人凤的观点得到众多进步师生的支持和拥护，在他的带动下，进步学生经常举行朗诵会、讲演会和歌咏会，用通俗易懂的语言、伶俐慧智的口齿、声情并茂的演唱，列举人所共知的事实，阐述鲜明的观点和深刻的革命道理，从而使演讲台成为传播进步思想的主阵地。

随着革命实践的进一步深入，李人凤深深地感受到，要想使宣传工作深入人心，除了需要大量的事实做例证外，更重要的是以强有力的理论做支撑。

1930年，李人凤开始以各种渠道收集并阅读马列主义书刊。五年前，与青州比邻的广饶县大王镇刘集村建立了山东省第一个农村党支部，党组织的学习内容和理论依据，便是由陈望道翻译的我国第一个中文译本的《共产党宣言》。李人凤不但在学生中有着较高的威信，而且有着广泛的社会关系，他凭着这些关系，偷偷从刘集村抄录了一份《共产党宣言》。这无疑成了启蒙他学习革命理论武装的法宝。

如果说《共产党宣言》为李人凤吹来了第一缕革命理论的春风，那么由中国共产党领导并成立的第一个革命文学团体——左翼作家联盟，则为李人凤及进步师生吹响了向革命文艺进军的号角。

第一次国内革命战争失败后，国民党反动派一方面对革命根据地进行军事“围剿”，另一方面对国统区实行文化“围剿”。在这种形势下，处在政治经济和文化中心的上海左翼作家，自发地团结起来，共同与国民党反动派作斗争。

1930年3月2日，在党组织的努力下，左翼作家们在上海中华艺术大学召开了“左联”成立大会。会上，“文化革命的旗手”鲁迅先生慷慨陈词，作了题为《对于左翼作家联盟的意见》的讲话，第一次提出了文艺要为工农大众服务的方向，并且尖锐地指出，左翼文艺家一定要和实际的社会斗争相融合。

“左联”的成立，促使大部分中国作家把“五四”以来的自由心灵带上为政治革命服务的道路。《萌芽月刊》《拓荒者》等刊物陆续刊发了革命作家的大量作品，吸引了广大民众对进步文化思想的支持,最大限度地争取了宣传阵地。

“左联”成立的消息很快传到了青州古城。在马石庵的倡导引领下,不到半年时间,经过精心筹备和发动,四师“左翼作家联盟”宣布成立。通过马老师的介绍,李人凤、刘孟、吕凤相、张全祯等文学才俊先后加入这一进步文学组织。

在推选“左联”领导人的问题上,校领导产生了分歧,多数人推举马石庵。而校长徐轶千认为,马石庵虽然才学出众、德艺双馨,但他毕竟在北平被捕过,很容易“树大招风”,引起当局的注意。“左联”作为四师党支部的外围组织,必须严防当局的干扰和破坏。此时的学生自治会会长李人凤还不是共产党员,因此推举他为“左联”领导人最为合适。

事实上，马石庵老师是李人凤接受共产主义思想的真正启蒙者。

“左联”文学团体的建立,为这些爱好文学的进步师生搭建起以笔为枪揭露抨击旧社会的黑暗、宣扬劳动人民是国家主人的广阔的革命舞台。

1931 年 6 月,四师党组织遭到破坏,国民党当局的鹰犬盯上了一直在幕后为革命学生出谋划策的马石庵。

为了保存革命的火种,暂时逃脱敌人的抓捕,徐轶千只好偷偷安排马石庵再次潜入北平。

在国民党反动派白色恐怖笼罩下，许多人感受到了从事进步和革命活动的危险,于是自动退出了“左联”组织。李人凤非但没有被敌人的反动气焰吓倒,反而继续领导四师“左联”仅存的七个盟员,更加积极地开展革命活动,并且及时与在北平担任“左联”组织部长的青州籍作家冯毅之取得了联系。同时,他们还充分利用手中的油印器材,创办了第一份进步刊物《我们的》。刊物一经印发,迅速在社会上产生了极大反响,社会进步人士争相传阅并积极向刊物投稿。

有一天晚上,徐轶千校长带领一名身穿粗布装、头戴鸭舌帽的中年人来到他们“地下印刷室”的门外。

听到动静,李人凤示意刘孟等赶紧把油印机藏起来,然后每人拿出一本准备好的书做掩饰。

“人凤,是我徐轶千！”说着徐校长便带来人一步跨了进来。

“还是自我介绍吧!”来人把宽厚的大手伸向李人凤,自报家门说:“我叫彭瑞林,是中共益都县委城区的区委书记。”

“原来是彭书记！”李人凤下意识地将满是油墨的手在衣服下摆上擦了擦,不好意思地伸向彭瑞林。

“人凤同学,你可是大名鼎鼎呀!”彭瑞林幽默地说:“我是经县委书记段亦民介绍特来拜访你的！”

“实在不敢当！彭书记有什么吩咐请尽管说。”李人凤谦虚地说。

“是这样,我领导这个区,下属有八个支部。”彭瑞林开始严肃起来,“但由于条件的限制,加上敌人的白色恐怖,很多宣传品无法印刷分发,所以希望你们帮忙来完成这个任务。”

“彭书记,没问题,交给我们您放心就是。”李人凤态度坚决地回答。

得到党组织的信任和支持，更加激发了李人凤及师生们的革命热情，四师及四师“左联”一时成了青州红色革命的主阵地。他们紧跟学校党团组织的步伐，带着印有犀利文章的报刊，奔赴学校、工厂、矿山、农村，组织各种形式的集会和座谈会，举行正义的示威游行活动，积极宣传抗日救国思想，反对国民党挑起内战的反动行径，青州人民的革命斗争热情空前高涨。

在四师读书期间，李人凤在中共党员马石庵的影响下毅然挑起了学校学生自治会会长和学校左翼作家联盟领导人的重担

3

在宣传和教育活动中，李人凤发现许多进步工人虽然有很高的革命热情，却苦于没有文化。没有文化，接受革命理论和革命思想便受到很大限制。

晚自习结束后，李人凤躺在宿舍内难以入眠，一股异样的冲动让他的热血滚涌起来。他干脆披衣下床，在校园内转了起来。

夜风吹拂着他的前额，却没有因此给他一点清醒，而是吹得他脑子越来越乱。他想回去睡觉,却又根本没有睡意。正在他矛盾重重内心纠结的时候,偶一抬头,一道亮光吸引了他。

“那是马老师的办公室,他不是去北平了吗?”看来看去,他总觉得自己看得没错,于是径直奔着灯光走去,“既然他还没休息,为什么不去跟他聊聊,解除自己心中的困惑呢!”

坐在灯下的的确是马石庵。原来在敌人对四师的搜捕风暴过去后,思念同事与学生又时刻渴望革命的马石庵又悄悄地回到了学校。

“进来吧,门没闩。我知道是你!”正当李人凤在门口踌躇徘徊的时候,里面传出马石庵老师亲切的声音。

“老师,我想办个夜校。”既然马老师将自己视同知己,他便开门见山地说道。

“你想办个什么样的夜校?”马老师用手向上推了推滑落到鼻梁的眼镜,温暖的目光注视着他。

“我想依托四师学生自治会办个职工夜校,让那些进步工人学习文化知识,以便他们更好更快地接受进步思想。”李人凤一吐为快,将琢磨已久的想法向敬慕和信任的老师和盘托出。

“我支持你!”马老师痛快地说,“具体工作你去筹办,学校方面我去找徐校长谈。”

有德高望重的马老师和学校的大力支持,职工夜校很快就办了起来。经过老师和学生民主选举,李人凤被推举为校长。

“听说四师办了个职工夜校,是真的吗?”

“当然是真的,在那里不但可以受教育,学文化,而且还不收一分钱的学费。”

四师免费办职工夜校的消息不胫而走，既不想当“睁眼瞎”又想接受进步教育的工人三三两两地走进了校园。

面对越来越多的工友学员，李人凤和同学们一一登记造册。在分期分班的时候，他们把一个字不识的纯文盲分到一起，识几个字的半文盲分到一起，并做到因材施教。在课程的设置上，李人凤也颇费了些脑筋，一方面开设国文、算术、常识等基础文化课程，另一方面开设时事形势课程，同时组织学习报刊文章，教育工友在掌握基本文化知识的同时接受革命思想的教育熏陶。

四师正常师资力量是无暇兼顾职工夜校的，同学们在白天学好本职课程的同时，晚上来到职工夜校当起了先生，许多老师，包括马石庵在内，也不辞辛苦，自发加入了这支队伍。

李人凤作为职工夜校的校长，同时兼任国文老师。在课堂上，他充分运用自己所学的马克思主义理论，深入分析鲁迅的《狂人日记》《记念刘和珍君》等刺向黑暗社会制度的投枪匕首，介绍了瞿秋白《饿乡纪程》《赤都新史》等革命著作。他讲课不但绘声绘色，旁征博引，而且说理充分，生动形象，深受工友学员的喜爱。在李人凤带动下，刘孟、吕凤相等同学都能独当一面，走上了大讲堂。

良好的教育、深刻的启迪，使工友学员在黑暗中看到一道希望的亮光，许多工友后来自发参加了党组织。工友郑国桂入党后积极发动群众开展革命运动，被叛徒出卖被捕后宁死不屈，壮烈牺牲。工友王成参加革命后，以在工厂做工为掩护，为党传送了大量有价值的情报，由于工作成绩突出，在抗日战争初期担任了山东分局交通科科长。

1931年9月18日夜，盘踞在中国东北的日本关东军，按照事先精心策划的阴谋，由铁道“守备队”炸毁沈阳柳条湖附近日本修筑的南满铁路路轨，并嫁祸于中国军队，以此为借口炮轰中国东北军北大营，制造了震惊中外的九一八事变，不久侵占了东三省。

民族的尊严被侵犯，祖国的山河被抢占，四师师生在中共青州特别支部领导下，准备联合省立十中、甲种农校学生罢课，组织南下请愿团，向坚持不抗战的南京国民党政府请愿，要求立即停止内战，一致抗日，合力收回东三省。李人凤以学生自治会的名义，组织全校同学高唱抗日救亡歌曲，高喊“有人的出人，有钱的出钱，抗日救国保家乡！头可断，血可流，不给日寇当马牛”等革命口号，深入学校、集市发放传单、做演讲，积极宣传抗日救国思想，对动员群众参加抗日活动发挥了积极作用。

第二章 热土热血

为了保存革命火种，李人凤隐身于西安爱国将领杨虎城部，奠定军事指挥、战略决策的基础。他坚信共产党的领导，坚定民族正义必胜信念，投笔从戎，缜密谋划，创建“临淄青年学生抗日志愿军训团”。为了提高官兵的军政素质，他坚持加强政治思想教育，贴近实战练兵强兵。为了抗击日军侵略，他主动出击，大胆指挥，首战告捷，揭开了清河平原抗击日本侵略斗争的序幕。

一、火种

1

四师和其他学校联合准备南下南京向国民党政府请愿的行动，不但得到众多师生的拥护，而且也得到了广大工人群众的积极支持。人们纷纷加入这一行动，与李人凤等一道张贴文告，散发传单，颇有“山雨欲来风满楼”之势。

国民党山东省政府听到这一消息如坐针毡，唯恐引起更大范围的行动，于是急忙向全省中等以上学校下达了一律提前放寒假的命令，这些学生因此被勒令立即离校。此时已到农历腊月，一些意志本来就不坚定的学生回家过年心切，思想上便有些动摇，加之部分学校校方不能承受国民党政府的压力，请愿活动随即流产。

南下的行动虽然没能成功，但李人凤在四师组织学生的抗日救亡活动却从未停止。

1932 年 8 月 18 日，中共益都县委遵照中共山东省委指示，在郑母镇发动了农民武装暴动。国民党县长得知之后，立即下令全城戒严，将参加暴动人员严格控制在城内。接着，他们又派县民团副队长冀瑞堂和警备队队长钟家信带领300名军警与民团前去郑母镇镇压。由于党组织力量太小，缺乏专业的军事指挥和必要的武器装备，又加上数倍于己、装备精良之敌的猛烈冲击，在既无粮水供给又无立足之地的情况下，暴动队员30多人被逮捕，14名同志被杀害，暴动宣告失败。

郑母镇暴动之后，国民党政府为了斩草除根，命令所有军警倾巢而出，到处搜捕共产党人和进步人士。

四师师生的种种“过激”表现，无疑引起了反动当局的注意，一场秘密逮捕行动开始了。

一天夜晚，师生们早已熄灯休息，突然一串黑影沿着墙根悄悄摸进了校园。走在前面领路的正是叛变革命的反动分子杜华梓。

这伙人的诡秘行动没有逃过开明校长徐铁千精心安排的眼线。

这段时间以来，社会上发生了太多的事情。党的活动异常频繁，学生爱国运动更是此起彼伏。作为有良知、有爱国之心的知识分子，徐铁千的血脉中同样澎湃着忧国忧民的正义激情。然而，他不能至少不能公开采取“过激”的行动，因为他有责任、有义务确保教育工作的正常运转，确保广大师生的人身安全，尤其是这些热血沸腾的孩子。他们是民族的希望、祖国的未来。因此，他以日常巡查的名义成立了学校安全管理巡逻队，每队分成几组，每组以进步老师为组长，以学生骨干为组员，昼夜巡逻，对出入校园人员密切注意，严格盘查。他还借助教学管理业务会的机会，百般叮嘱教职员工在正常上好文化课的同时提高警惕，时刻关注社会动向，最大限度地保护好学生。

郑母暴动的失败，使青州地下党组织遭到了严重破坏。嗅觉灵敏的国民党的鹰犬更是将四师师生作为怀疑和打击对象，经常带头从事抗日宣传鼓动活动的学生自治会会长李人凤，自然成了他们打击重点中的重点。

作为一校之长和学校管理第一责任人，徐轶千早已养成了习惯，就是每天晚上坐在办公室读书，他这样做的一个重要的目的是便于值班老师遇到问题能第一时间找到他。

听到不明人员潜入校园的报告后，徐轶千迅速安排负责保卫的老师来到李人凤的宿舍，让他趁未被反动分子发现，悄悄从学校小门逃走。

为了转移当局的视线和保护学校的安全，第二天一大早，徐轶千不得不让学校贴出通告，宣布开除“激进分子”李人凤的学籍。

“留得青山在，不怕没柴烧。”逃离魔爪后的李人凤，在徐校长的帮助下，连夜离开青州，回到临淄，来到位于西关的第一小学临时做起了教员。

半年的教书生涯，使李人凤暂时躲过了风头。然而，令他没有想到的是，入冬之后，他又受到国民党临淄县党部的通缉。

这天夜里，忙碌了一天的李人凤点上豆大火苗的油灯在撰写一部具有抗日鼓动性的诗稿。突然，有人不轻不重地敲响了他宿舍的窗子。

“谁？”他一把将诗稿塞到被褥下面，机警地喊道。

“人凤，是我，王宜之。快开开门，我有急事！”

听清是四师校友、刘孟同村的王宜之后，李人凤才轻轻把门打开一条缝。

“宜之，黑灯瞎火的，你怎么来了？”因从小志趣相投，李人凤与王宜之通过刘孟认识后多有联系。但李人凤去四师读书时王宜之已从齐鲁大学毕业，并回乡任教于临淄县立初级中学。

“长话短说，你赶紧找地方躲躲吧，今天我得到确切消息，国民党临淄县党部也向你发出了通缉令。”王宜之一口气说完，表情才放松下来。

“躲？去哪躲？既然通缉，家是不能回了。如果回家，那还不是自投罗网。”李人凤喃喃道，既是问自己，也是问王宜之。

“要不你先躲到刘孟家吧，匆忙当中，怕找不到更可靠的去处。”王宜之建议道。

是呀，作为同窗好友和革命伴侣，李人凤和刘孟在四师的各种进步活动，刘孟的父母都早有所闻，他们对这个既有忧国忧民之心又有侠肝义胆正义之举的孩子视为己出，也备加呵护。

在农村这段时间里，李人凤并没有停止自己的革命行动，而是利用一切时机结识并团结了一批进步青年，教育他们在国家危亡之时挺身而出，投身革命。与此同时，他打听到了小学同学、在临淄北邻广饶县某中学潜伏的中共地下党员王景陈。

2

风雨中的海燕面对黑压压的乌云，无时无刻不希望自己凌空海上，刺破青天，展翅高翔。

“景陈师兄，你快介绍我加入共产党吧，我要真刀真枪干，这种躲躲藏藏的日子我真是受够了！”知道王景陈的真实身份后，李人凤毫不掩饰地表达了渴望加入党组织的激动心情。

其实李人凤、陈梅川、王景陈和李笑文是一起读的小学，只不过李人凤等人相继走上了革命的道路，而李笑文却加入了与人民为敌的反动阵营。

王景陈比李人凤年长几岁，所以早一步接受了革命洗礼，秘密加入了中国共产党。而李人凤和陈梅川是王景陈的同窗好友，王景陈认为在临淄认识的人当中，他俩是最革命的。只是两人性格有所不同，李人凤果敢刚毅，陈梅川则温婉细腻。王景陈曾经发表“不当”的反孔言行，腐朽势力群起而攻之，还是李人凤帮他解了围。

当时王景陈看了《吴虞文录》，是“只手打孔家店”的吴虞写的。作为无知少年，读罢此书，他也批判起“万世师表”的孔子来，结果遭到那些愚忠愚孝的孔子信徒的口诛笔伐，正当他有些招架不住的时候，李人凤挺身而出，跑到县城的孔子庙（文庙），稀里哗啦把被奉为古代圣贤代表的“四配十哲”塑像的头全部拧了下来。顿时，县城内外，一片哗然。最后，通过西关的于子春老师、东关的于爽亭老师从中说和，那些圣门之徒在发出“涛涛者天下皆溺”的感叹之后，无可奈何地溜走了。

“天下皆溺”，毕竟是天下皆溺。当教育部门派几个学生去整理文庙，将“四配十哲”的头重新给安上的时候，却竟然给安倒了。面对这种迂腐可笑的做法，他们还念念有词：“这可把颠倒的历史给颠倒过来了。”

现在王景陈对自己的孩提之交、心中英雄充满了叹赏之情，又有更多的无奈：“目前，由于受白色恐怖的影响，铁山党组织都与上级失去了联系，暂时无法向外发展，何况临淄。”

“那你能眼睁睁地看着国民党把一个准备舍生忘死、投身革命的热血青年给活生生地杀了吗？”听完这话，李人凤流露出深深的失望之情。

“你的心情我非常理解”，王景陈耐心地开导说，“当务之急是先保证你的人身安全。你现在虽然还不是党员，但是在他们眼里却是一个极具煽动性、比共产党还危险的人物。所以，一旦落入他们的魔掌，什么情况都可能发生，到那时你再想为党工作恐怕就难了”。

“那可怎么办呢？”不知道什么时候刘孟跟了进来。

“别着急，办法总会有的。”王景陈毕竟年长几岁，而且又受过党的教育和革命洗礼。

“我家肯定是待不下去了，这些狗鼻子灵得很。”刘孟极为担忧地说。

“不但你家不能待了，临淄、青州甚至省内恐怕都不行了。”

李人凤分析道。

“那去哪里合适呢?”王景陈在院内来回踱着步子,焦虑之情写满脸上。

这时,他的妻子走过来说:“是真假不得,是假真不得。人凤既然不是共产党,找个地方躲躲风头,再找人做做工作不就行了嘛!”

“这办法倒是可行,可去哪里躲风头?”王景陈反问道。

妻子胸有成竹地说:“去西安吧,我舅舅黄展云现在杨虎城将军手下当团长,他准能收留人凤。”

“靠得住吗?”李人凤和刘孟齐问道。

王景陈妻子安慰道:“舅舅和杨将军一样既有爱国心又很正派,应该靠得住。再说,我从小是在舅舅家长大的,舅家就是娘家。再退一步,我们编个善意的谎言,让人凤冒充景陈的弟弟王守全,我再给舅舅写封推荐信,不怕他不收留!”

王景陈妻子的想法和分析让两人吃了定心丸。于是,他们拿上举荐信与景陈夫妇就此别过。回到崖付村,着手安排前往西安的事宜。

面对各处城门交通要道张贴的通缉令,李人凤只好乔装打扮,手上拿了一架丝质蚊帐料子,肩上斜背一个褡裢,俨然跑江湖走亲戚的小商贩。

李人凤坐火车,倒汽车,终于来到西安古城,按照景陈妻子提供的地址,辗转来到黄展云所在的团部驻地。

经过层层通报,见到黄团长时,他正在训练场操练兵马。趁其休息间隙，李人凤赶紧走上前去，从怀里掏出举荐信，恭恭敬敬地呈上前去。

黄展云将信笺展开，熟悉的字迹映入眼帘："舅父您好！今有小叔子王守全，不安乡下农活，只想当兵。双亲爱子心盛，怕其吃苦，更怕他搞出点别的事来，因此成了家中一大难题。为上解公婆之忧，下尽手足之意，得到景陈同意，荐其到舅父团部，还望给一闲差，有口饭吃。军人生活是苦的，也许一段时间之后，他会望而生畏，知难而退，到那时只管放他回来就是……"

黄展云又上下左右打量了一下眼前这个英俊魁梧的"小叔子"，一股亲情和乡情涌上心头。

"你可曾受过专业的军事训练？"因参军多年，黄展云对外甥女的家事并不了解，于是例行公事地问道。

"在下不曾受过专业训练，但是读过几年书。"李人凤自信地盯着黄团长。

"哦，还是个知识分子。"那年月，兵荒马乱的，能识几个字的就很不错了，读过几年书的更是凤毛麟角。黄团长略一思忖，说道："直接从事军事工作，需有专业的军事训练经历。好在你有学问，我先推荐你做个军需官吧。兵马未动，粮草先行，也很重要的。"

有黄团长的关爱加上自己的聪明灵敏，李人凤的军需官干得从容而稳妥。整天与粮草马匹、枪炮器械打交道，使他很快掌握了军需供应和部队作战能力的关系，也为他日后带兵打仗打下了一定基础，积累了一些经验。

3

晚秋的古齐大地已经泛起阵阵寒意，加之时局动荡，早间和晚间外面已经很少有人活动。当一个身穿老羊皮袄、头上裹着白毛巾的“陕北汉子”突然出现在王景陈面前时，他差点没认出来。

转眼间半年有余，从来信中得知当局对他的通缉早已过去，李人凤于是向“舅父”提出辞呈，迫不及待地返回家乡，准备继续开展革命活动。只是为了减少麻烦，他假扮成一个做小买卖的陕北后生的模样。

看到李人凤乐呵呵地将两三寸厚的羊皮大衣翻来覆去抖擞给大家看，王景陈取笑说：“苏季子去秦而归，黑貂之裘弊而状有愧色，你穿着两三寸厚的老羊皮反倒乐了！”站在一旁的地下党员崔丹亭随口接着说：“好，好呀！‘衣敝缊袍，与衣狐貉者立而不耻者’，其人凤也欤?！”

“回来后有什么打算?”三人一番风趣幽默的对话之后，王景陈问道。

一向活泼开朗的李人凤沉默了。是呀，“革命不是请客吃饭，不是做文章”，它既需要一项职业作为掩护，也需要一份固定的收入养活自己。

“去我那里落脚先当个教书先生吧，有了好的去处你再展翅高飞！”正当三人无计可施、一筹莫展时，四师的校友、时任临淄县第二小学校长的陈梅川一步跨了进来。

这个决定解了他的燃眉之急。

临淄县第二小学在清光绪年间称第一初等学堂，后改称西关闻韶书院。1906年，县知事季桂芬、董事吴江汉等人将其改建并命名为临淄县第二小学。因学校位于齐都西关，人们又称其为西关小学。

二小虽然是小学，校内却拥有教室15间、教员室8间、学生自修室14间、会客室1间，可同时容纳高等一级和初等三级学生170余人，在当时的教育条件下也算是有相当规模的。

军训团创建旧址临淄县第二小学(西关小学)(李晓岩 提供)

作为教书育人的重要基础教育场所，这所学校也曾屡遭战火的摧残，二十多年间走马灯似的换了六七任校长。1932年秋，校长李德荣非但不用心抓好教学与管理，反而以县党部监察委员的身份压制进步师生，散布反动言论，激起学生集体罢课，被狼狈逐出校园。县教育行政委员会最后只好安排陈梅川复任校长。

陈梅川和李人凤本来就是四师志同道合的校友，现在李人凤的到来，对陈梅川来说无疑是如虎添翼，学校也成了他们尝试教育改革、宣传进步思想的平台。

夜晚的校园静谧而祥和，送走了一天的喧嚣，这两个同窗好友在灯下促膝而谈。

"人凤，你认为教育改革应该从何抓起？"陈梅川单刀直入。

"教材！"李人凤直言不讳地说，"当局的教材要么颓废泥古，要么粉饰太平，反对革命。任此下去，简直就是误人子弟，误国误民。"

"好，编写教材的事，就由你来挑头。我让崔光中等几位老师配合你！"陈梅川一锤定音。"除了教材，还有什么？"

"教学方法也要改，要根据学生的年龄和年级层次因材施教。"说到这里，李人凤抬眼看到陈梅川鼓励的目光，继续说道，"低年级学生应普遍采用讨论式和问答式，高年级则采用自学加辅导式，这样不但能使学生开发智力，还能激发大家多向思维的能力。此外，学校还应该积极创造条件，吸引学生开展丰富多彩的课外活动。"

经研究讨论，两人达成了共识，即以教育学生关心国家大事、学好知识报效祖国为己任，培养学生的忧患意识，激发学生的爱国热情。

在陈梅川校长的授意下，改写教材的行动仅限在校内悄悄进行。

国文教材的编写离不开鲁迅、郭沫若、茅盾、冰心等当时一批进步作家的作品，而他们的作品在当局的限制下很难找到。怎么办呢？李人凤眉头一皱，想到了一个很好的主意。

1931年清明节，山东“左联”成立大会在济南大明湖畔举行。还在四师读书的李人凤在班主任兼国文老师马石庵的带领下光荣参加了这次大会。也正是在这里，他结识了省“左联”的领导和全省各地的优秀作家代表。

经书信联络和广泛征集，几个月内李人凤不但弄到了自己想要的作品，几个细心的作家文友还为他摘抄了部分陈独秀等在《新青年》杂志上发表的进步文章。

带有鲜明民主气息的作品加上李人凤富有感染力的倾情讲授，向往新生活的学生，如干旱已久的禾苗遇到春雨，封闭已久的老屋打开了窗子，他们如饥似渴地吸收着新鲜的营养。与此同时，崔光中老师编印了《我们的东三省》一书与《社会》《地理》《历史》教材各四册，其他老师也对《算术》《公民》等教材做了大量的筛选和增删。

在教育改革中，李人凤深深地体会到，教育的目的是把受教育者培养成为社会需要的人，同时还要使受教育者做到活学活用，学以致用。

日本侵华以后便时常有化学武器投放战场毒害中国军民的

报道。因此，李人凤在讲物理、化学时增加了一项内容，即毒气的性能、形态、作用，特别是窒息性、糜烂性毒气的危害及预防方法。他还列举了侵华日军违反人类道德，恶毒使用毒气的种种事例和罪证，从而使学生对化学战有了初步的认识和了解，也在这些幼小的孩子心灵深处播下了抵抗日本侵略、学好知识救国的种子。

4

1935 年 12 月，震惊中外的"一二·九"抗日救亡运动在北平爆发。在中国共产党的领导下，北平大中学生上千人走上街头，高喊"各党派联合起来""援助绥远抗战"等口号，以反对华北自治，反抗日本帝国主义、保全中国领土的完整为主题，举行大规模的抗日救国游行活动。

为了以实际行动声援北平学生的爱国行动，李人凤和陈梅川积极组织学生走上西关大街，散发爱国传单，张贴革命标语，并以演讲、曲艺等形式，下农村、进工厂，广泛进行抗日宣传，深刻揭露国民党政府出卖东三省、出卖华北的罪恶卖国行径。

革命师生的行动，戳痛了国民党当局。他们迅速派出军警在饭店、商店、集市等公共场所张贴"莫谈国事，保持秩序"等标语，委派童子军教练深入学校教室宿舍，时刻监视进步师生的言语和举动，发现可疑人员就肆意逮捕处置。

乌云可以遮掩阳光一时，但不可能长久。为了避开当局的锋芒,李人凤将传播进步思想、宣传革命理论的战场暂时转移到校园,回到了课堂。有些人讲课多是照本宣科,就事论事,而李人凤讲课不但能融会贯通，而且还能紧密结合当前的革命形势。

有一天，他在为学生们讲述西班牙作家塞万提斯的名著《堂·吉诃德》时,结合蒋介石在九一八事变日寇占领东三省后发表的“中国枪不如人,炮不如人,教育训练不如人,机器不如人,工厂不如人,拿什么和日本打仗呢？若抵抗日本,顶多三天就亡国了”的错误言论,义愤填膺地揭露道:“东北三省被日寇占领了,蒋介石却以‘攘外必先安内’的谬论,以种种理由不抵抗。他蒋介石就是中国的堂·吉诃德。鲁迅先生说得多好呀,凡是有一点民族尊严的人,听了中国的堂·吉诃德的论调,无不为之愤慨！”

在学生的心目中,李人凤是集帅气与才气于一身的青年才俊,两道浓黑的剑眉下,一双睿智的眼睛放射出犀利的光芒,高高的个头,配上一身对襟短衫皂衣,愈显洒脱飘逸。更让大家称奇的是,他无论讲国文、讲历史还是讲时事,都是口若悬河,阐述问题简明扼要,揭露黑暗腐朽一针见血。除此之外,他拿起笔来能撰文,拿过歌词能谱曲,拿过曲子能演唱。为了禁锢学生思想,愚化学生,反动当局规定,学校里只能唱“新生活运动”的歌曲。李人凤却反潮流而动,他不但教同学们高唱《流亡三部曲》《大路歌》,还教唱《义勇军进行曲》《毕业歌》等革命歌曲。

面对外敌入侵,国民党当局非但不抵抗,反而大肆捕杀革命党人的严峻形势,“停止内战,一致对外”思想的传播,使孩子们摩拳擦掌,革命歌曲的演唱更是让学生们热血沸腾。

在李人凤和陈梅川倡导下，第二小学弥漫着浓厚的民主气息和抗日热情,师生们可以随时交流思想,探讨问题。

有一次课外活动的时间到了,学生潮水般涌出教室,把李人凤团团围了起来。

有个同学问道:“李老师,德、意、日三国已经结成了同盟,日本帝国主义侵占了我东三省,很快就打进山海关了,如果侵占了临淄,我们怎么办？”

面对学生的提问,李人凤的心里感到莫大的安慰,他在心里想:“中华民族有希望了。有些人在民族危亡面前还不如个孩子。”

记得在一次教职工参加的活动中,部分知识分子因受国民党反动思潮的影响,主张鼓动青年学生到蒋介石的“大后方”去,还美其名曰“为国家保存人才”。面对这种临阵脱逃的错误言论,李人凤义愤填膺,针锋相对:“在日寇大举入侵,国家危亡之际,流亡和躲避都是没有前途的。只有各民族团结起来,社会各阶层武装起来，和侵略者进行坚决的斗争，才是中国唯一的出路！”李人凤的驳斥义正词严,对方哑口无言。

现在觉醒的学生既然提出这个问题，李人凤便想正好借此机会给大家上一堂专题爱国主义和国防教育课。

“既然有同学提出了这个问题。咱们就一起讨论一下吧!”李人凤话音刚落，有个年纪稍长点儿的学生率先发言:“日本鬼子要是真打过来了,咱们就要参军入伍,保卫家乡,死也不能当亡国奴。”

“对,我们要真刀真枪跟他们干,死也不当亡国奴！”有几个学生附和道。

这时,有个小学二年级的学生站起来说:“我们还小,枪都拿不动,如果鬼子占了山东,我们可以逃到河南,先避避风头再说。”

1935 年李人凤与陈梅川(右)在临淄西关小学合影(李晓岩 提供)

……

面对学生的发言，李人凤沉默了一会儿，一字一句地说:“死拼硬干肯定不行。逃亡避风头，那不成了中国的堂·吉诃德了吗？”

“硬跟他们干不行,逃亡也不行,那该怎么办？”学生们质疑道。

“目前情况下,咱们只有联起手来拉游击队!”见大家的情绪已被充分调动起来,李人凤站到一块高地上,慷慨激昂地说,“和日本鬼子打游击,拼消耗。日本兵少,战线长,占了城镇,占不了农村,而且他们在明处我们在暗处。我们打游击抗击日本侵略者,老百姓一定会拥护我们,这才是目前唯一的出路!”

通过开展多种形式的宣传鼓动活动,广大师生深受教育,校园里也形成了抗日救国的良好氛围,个别思想落后反动的老师在这里失去了立足之地。

有位姓冯的体育老师,由于受国民党逃亡思想影响太深,经常煽动抛售他的“不抵抗”主义,到校不久就被师生们赶出了校园。这一消息传到社会上,他们称李人凤是“共产党”,称西关小学为“红色校园”。

二、信念

1

在北京西南，一座古老而美丽的桥横跨在永定河上。这座桥始建于南宋淳熙十六年（1189），桥东端北侧立有乾隆御笔“卢沟晓月”石碑。它因古朴端庄、雄浑优雅、建筑特色与艺术审美兼备被意大利旅行家马可·波罗誉为“世界上最好的、独一无二的桥”，这就是著名的卢沟桥。

就是这座桥，于 1937 年 7 月 7 日见证了日本侵略中国的罪恶行径，也正是从这里开始，中国人民全面抗战的帷幕正式拉开。

卢沟桥事变爆发后第二天，中国共产党就向全国发出通电，号召全国人民、军队和政府团结起来，筑成民族统一战线的坚固长城，共同抵抗和反击日本帝国主义的侵略。8 月，中共中央在陕北洛川召开会议，通过了《中共中央关于目前形势与党的任务的决定》《中国共产党抗日救国十大纲领》，提出了“万众一心，全面抗战”的革命路线。会议决定在敌后放手发动独立自主的游击战争，在国民党统治区放手发动群众建立抗日根据地，并竭力促成了国共两党第二次合作，建立了抗日民族统一战线。

此时的临淄县第二小学，教学有方的李人凤已经接替陈梅川就任该校校长。在治校之暇，他依托学校这个教育阵地和《临淄周报》这块宣传阵地，团结进步教师和青年学生，广泛结交校外知名人士，为日后组织抗日队伍开展武装斗争奠定了深厚的思想基础和群众基础。

洛川会议的召开和《中国共产党抗日救国十大纲领》的颁布，犹如茫茫暗夜中突然闪现的照亮人们前行的灿烂星光，洒落在临淄，瞬间使师生们热血沸腾，激发起他们强烈的抗日救国情绪。

在淄河东岸，距临淄古城约三公里的地方，有一个几百口人的小村，叫崖付村，这是李人凤同窗好友更是革命伴侣刘孟的家乡。由于刘孟在周边村庄积极联络知识妇女，宣传党的政策和抗日主张，群众基础比较好，再加上刘孟父亲的大力支持和可靠的安全保护，刘孟的家里便成了李人凤等进步教师商讨联络武装斗争的重要地点。

入秋的淄河沿岸，芦苇丛生，玉米、高粱等高秆植物由于有充足的水分和日光的照耀，更是焕发出勃勃生机。

在芦苇和庄稼的掩护下，李人凤、陈梅川、崔栋生来到刘孟家中开了个碰头会，目的就是商量抗日大计。

“目前的抗日是全国抗日，全民抗日，持久抗日，但必须依靠共产党的领导。”李人凤首先发言说，“所以，我们应尽快与党组织取得联系，得到党组织的支持和帮助。”

“我同意人凤的意见！”

“我也同意！”

看到陈梅川、崔栋生痛快地表态和支持，李人凤十分欣慰，于是他接着说：“要抗日，我们就必须拉起自己的队伍，这队伍的来源光靠我们几个老师肯定不行，我们应联络发动本校及其他学校高年级的学生，他们才是可以依靠的有生力量。所以，我决定立即在高年级开设军事训练课，培养他们的战斗意识和战斗意志。”

听说要练习打靶，同学们的热情格外高涨，大家热火朝天地干了起来。有的把木板钉起来做靶子，有的用毛笔画靶纸，有的用步子测距离。等一切准备就绪，李人凤手托一杆猎枪给同学们讲解道：“射击瞄准的要领是三点一线，也就是说射击时要将眼睛、准星和目标保持在一条线上，将枪托抵于肩窝处，顶住枪的后坐力，同时还要注意排除阳光照射造成的虚光和风向风速的影响。”

面对这堂全新、刺激而又有趣的训练课，同学们全神贯注地观察着老师的一举一动，并记下了每一个射击动作和要领。

“啪！”第一个同学首发命中七环。当神奇的子弹带着尖厉的呼哨穿靶而过时，同学们立即欢呼雀跃起来。

“刚才是不是你们打枪？打枪为什么不报告？”同学们正在聚精会神地练习射击，不知什么时候闯进两个凶神恶煞的警察，厉声质问道。

这些学生虽然进入高年级，但毕竟还是十几岁的孩子，他们哪里见过这种阵势，几个胆小的学生下意识地躲到了老师的后面。

“枪是我们打的!”李人凤挺身向前，以退为进地反问道：“我们在上军事训练课，这也需要请示报告吗?请问这是哪条法律规定的。”

面对李人凤的反问，两位警察你看看我，我看看你，最后无言以对，只好夹着尾巴灰溜溜地走了。

随着日寇由东北向内地一步一步地逼近，李人凤潜意识地感到，中国军民狠狠痛击侵略者的日子就要到来。

果然不出他所料，1937 年 9 月下旬，从山西传来好消息，八路军一一五师在林彪、聂荣臻的指挥下，于平型关成功伏击了号称“钢军”的日军板垣征四郎第五师团一部，击毙日军 1000 余人，烧毁汽车 100 余辆、马车 200 余辆，缴获步枪 1000 余支、机枪 200 余挺，取得了全民族抗战以来中国军队的第一个大胜利。

激动和兴奋让李人凤再也坐不住了，他要亲自发动和组建自己的抗日队伍，为尽快将日本侵略者赶出中国尽一份力量。

可是，组建抗日武装谈何容易，首先需要枪弹，需要粮食供应，这些都需要经费，而他不过是一介书生，有的只是一腔热血。

钱，从哪儿来?

这天上完课，李人凤放下课本，眉头一皱，疾步走出校园，径直来到南卧石小学教师崔醒农的宿舍。

崔醒农何许人也?他是和李人凤一样的热血青年、进步教师，配合和支持李人凤组建队伍，抗击日军，在 1950 年 9 月以东北边防军第十三兵团侦察科长的身份，被周恩来总理紧急召见并被任命为中国驻朝鲜民主主义人民共和国特派武官，经历了抗美援朝的全过程。他还因贡献突出被朝鲜民主主义人民共和国授予二级国旗勋章，1955 年获得二级自由独立勋章。不过，这是后话。

“醒农，你去把李墨轩请来，就说有要事相商。”李人凤打发崔醒农去叫南卧石乡的乡长李墨轩之后，就势铺开一张纸，以流利的行书写道：“日军的飞机大炮并不可怕，可怕的是人心死亡！在国家民族生死存亡的危急关头，吾辈青年学子何去何从？是奋起抗战，还是拱手当亡国奴？！”

“今天是什么风把我这文曲星弟弟给吹回来了！”正当李人凤坐看墨迹未干的文字沉思的时候，李墨轩人还未到爽朗的话声先到了。

李墨轩随崔醒农一进门，李人凤急忙迎前一步，拱手施礼言道：“小弟见过兄长！”在他俩寒暄的当口，崔醒农勤快地端上了两碗茶水，李人凤端茶相敬并随即向李墨轩说出了自己的想法：“日本兵眼看就要打过来了，我想拉起一支自己的队伍，打鬼子，保家乡，但手头急需经费。这些天我辗转反侧思来想去，只有兄长能帮这个忙！”

“国破家何在？打鬼子，保家乡，愚兄责无旁贷。贤弟稍等，我去去就来！”李墨轩呷了一口茶水，撂下一句话，便匆匆向门外走去。

作为李人凤的同族兄长，李墨轩自家经营着一处油坊，家境殷实，资产丰厚。深明大义的他早就听到了这个弟弟的许多故事，他也早就想参与李人凤的各种义举，苦于没有机会，所以现在人凤主动找上门来，他想都没想，立马回家给拿来了500块大洋。

在李墨轩回家取钱的间隙，李人凤指着未干的字迹，对崔醒农说："刚才愚兄随手写的几句话，你有何感想？"

"兄长志向，正合我意。何时成立武装，即请通知，我必立即加入！"

"有你这句话，我十分感激，时间紧迫，就此别过，后会有期。"

南卧石是李人凤的家乡，家里有几个月没见过面的父母兄弟，可是肩负神圣使命的他，辞别两位侠肝义胆的好友，擦身走过自己的家门口，急忙向学校赶去。

此时此刻，手提着沉甸甸的500块现大洋，他感觉脚下生风，大步流星地朝前走去。

2

进入中秋的齐都临淄，处处闪耀着一片片金黄。坐在校园石阶上的李人凤，眼看着秋风时不时地"摘掉"一片片树叶，心潮翻涌。

从八年前考入四师，接触进步思想，到付诸革命行动，他的工作始终停留在宣传鼓动上。这不是他的愿望，更不是他要的结果。他要的是走上抗日第一线,冲锋陷阵跟鬼子干,还家园以安宁,还国家以太平。现在同族兄长深明大义,进步教师和高年级的学生也呼声高扬,摩拳擦掌,只等他振臂一呼,便可走向保家卫国的战场。

他从来不否认自己的领导能力,从担任学生自治会干部的那一天起,他就时时处处发挥领头羊的作用。可是这建组织拉队伍抗日寇毕竟不是简单的事,搞不好就要掉脑袋。自己掉脑袋无所谓,为了信仰,为了理想,可让师生和乡亲们跟着自己一起战斗和牺牲,他的心里还是感到无比沉重。

想着想着,这风就起来了,纷飞的树叶,飘飘摇摇地飞向空中,抛向屋顶。恍惚之中,一个魁梧的身影迈着自信的步子,笑容满面地向他走来。这身影越来越近,越来越清晰。他下意识地站起来,迎上前去。

"我的好兄弟,你终于出来了!"两个人紧紧地拥抱在了一起。

此人正是小人凤一岁、晚一年考入四师的师弟,中共党员李曦晨,1931 年 5 月省立四师、省立十中等百名学生飞行集会的主要组织者之一。这次飞行集会因故未成之后,李曦晨便转入地下革命斗争,并加入了党组织,随即担任了中共益都县委青年部长、四师党支部书记。第二年 8 月,中共益都县委遭受严重破坏,他被任命为益都县党团联合委员会书记,也就是临时县委书记。在白色恐怖的严峻形势下,他重新整顿十中党支部,建立了北官营党支部,并秘密创办了进步刊物《赤锋报》,大力宣扬党的政策和抗日主张，揭露国民党反动派亲日反共的丑陋嘴脸，为推动革命，鼓舞群众的抗日热情发挥了积极作用。

“这是个十分危险的人物，坚决不能再让他这样疯狂下去!”国民党当局闻知李曦晨的革命举动后，密令益都县政府立即将他“抓捕归案”。

1933 年 3 月 3 日，为了躲开敌人的耳目，李曦晨在益都城里卫街新华客栈主持党团联席会议，没想到他的行踪还是未能逃过特务的耳目。由于叛徒出卖，他被指认逮捕，直接被押上了开往济南的囚车。

“你只需放弃原来的信仰，自觉脱离共产党，我们马上就放了你！”

“宁可坐穿牢底，我也绝不叛党。”在国民党第三路军军事法庭，受尽各种严酷刑讯、遍体鳞伤的李曦晨始终咬紧牙关，发出对党忠诚的铮铮誓言。

“你只要承认自己的言行是反动的，是和当局对着干的，我们就既往不咎。”敌人一计不成又生一计。

“抗日爱国，何罪之有？当局在日寇横行之时不去对抗，反而枪口对内，到底是谁反动？”“审判者”被驳得哑口无言，最后只好判处其五年徒刑，交山东省高等法院看守所关押。从此，李曦晨开始了其将近五年的铁窗生涯。

1933 年 5 月，李曦晨被转押至山东第五监狱。狱中的生活单调而又枯燥，由于担心犯人们相互传递情报，散布“反动”言论，监狱封锁了所有外部信息，停发了所有报纸，就连放风的时间也一压再压。更为过分的是，本来就差的伙食，不但见不到一点油星，而且就连每顿饭的窝窝头都保障不了啦。

想反抗没有机会，想暴动没有武器，想逃走戒备森严。

“怎么办？绝对不能任其摆布，坐以待毙！”李曦晨冥思苦想，终于有了一个主意：绝食。他以特殊的方式，把这一想法传递到各个狱室，全狱“犯人”同时拒绝进食任何食物。

到了第六天，眼看一狱罪不至死的“政治犯”都奄奄一息，狱警惊慌失措地将这一情况层层上报给国民党山东司法当局，当局感到了事态的严重性，最后不得不与“犯人”进行对话。

李曦晨被推为首任“犯人”伙食代表，经过他据理力争，绝食斗争取得了胜利。当局唯恐在李曦晨的鼓动下再出现问题，更畏于他的斗争精神，便悄悄地把他转到了山东省反省院。

斗士永远是斗士。环境的转换，不但未能消耗李曦晨的一点斗志，而且更加激发了他的反抗斗志。

到反省院不久，他又连续多次发动绝食斗争，在强烈要求改善政治待遇和生活待遇的同时，对自己被无辜关押提出申诉。由于难以应付，反省院最后又只好将他秘密转押至位于益都东关的山东第四监狱。

倡导爱国抗日的义士被无辜关押、多次逼供的消息不胫而走，益都教育界和社会各界进步人士纷纷到监狱看望他，并提出抗议，要求当局就地将其释放。

国民党狱政当局见李曦晨走到哪里哪里就出现强烈的抗议，不但没有释放他的意思，反而以“煽动群众，排斥训导”的罪名，加判其五年徒刑，并采取了残酷的“流押”手段，先后将他流押到章丘、桓台、临淄、临朐、益都等县看守所，而且最长时间不超过一个月。他们这样做，无非使他疲于奔劳，不得安宁，妄图消磨他的革命意志。然而，令当局没有想到的是，李曦晨非但没有把流押折磨当惩罚，反倒巧妙地利用这些机会传播革命真理，传递反抗信息。他的正义行动及说言语甚至感化了临朐看守所的所长，认为他是“有学识的爱国青年”，并越级代他向省司法当局鸣冤申诉。看到这一可怕的状况，当局只好第三次将其押回反省院，再也不敢流押了。

1937 年 10 月，日寇的铁蹄踏进山东。济南八路军办事处眼见时机已到，派人与国民党山东省政府进行严正交涉，要求按照国共合作、共同抗日的纲领，无条件释放政治犯。当局迫于八路军及社会各界的压力，不得不将李曦晨等人无罪释放。

3

出狱后的李曦晨，如笼中之鸟回归自然，他长长地吸了一口自由而新鲜的空气，当日便乘车赶到寿光，与中共鲁东工委取得联系，然后根据工委的指示回乡择机开展武装斗争。

李曦晨出狱返乡的消息第二天就传到了陈梅川、崔栋生的耳朵里。他们三人和李人凤都是四师同学，重逢之后分外亲切，同学的情谊、同样的志向把他们紧紧地团结在了一起。临淄地下党李清桂事先得到上级党组织的指示，此时也主动与李人凤取得联系,并配合他们以西关小学为基地,着手筹建抗日武装。

正当四位同窗密谋起事的时候,军统分子李笑文等人受国民党山东党部指派,急忙窜到临淄,想通过县长冯谦光控制县民团和警察。接着,他们又引来了王尚志、李子廉等大批蓝衣社分子,妄图控制临淄所有武装,以达到巩固国民党统治的目的。

李笑文是临淄中埠(现属淄博市张店区)人,和李人凤、王景陈等小学毕业分开后就几乎失去了联系。加入国民党以后,他凭自己的精明与刁钻,迅速成为军统的一员,彻底站到了革命阵营的对立面。

王尚志的来头更非一般国民党员能比,他的口袋里随时带着特务头子、南昌行营别动队总队长康泽的委任状,只要他在空格表上填个姓名,县长冯谦光就会立即变成国民党临淄别动队司令。

然而,王尚志等人想到临淄夺取武装也有一定的困难,因为一来他们没有群众基础,二来他们与冯谦光并不熟悉。从这个意义上来讲,有利于革命武装活动的开展。

面对突然变得复杂的革命斗争形势,李人凤分析道:"冯谦光本来就是个利欲熏心的政客,为了政治前途和一己私利,他必然会接受王尚志的任命。如此一来,临淄全县武装都将落入军统、蓝衣社之手,怎么办?"他的目光扫过三位同窗好友。

"王尚志他们窜到临淄,很明显就是想占据这块地盘,扩大势力范围。"李曦晨分析道,"目前从形式上他们似乎掌握了临淄的武装，但他们的社会基础非常差，对这些武装的控制力也很薄弱，肯定希望利用社会上有影响的人士组建新的武装，巩固他们的统治。”

“曦晨讲得非常正确。”李人凤进一步分析说，“既然形势所迫，我们不妨就来一个‘将计就计，抢占先机’。”

“如何将计就计？”陈梅川问道。

“将计就计就是我们利用蓝衣社急于建立队伍、抓取武装的心理，以‘合法’形式成立一支‘学生军’。这支学生军，名义上是他们武装队伍的一部分，事实上管理和指挥权却牢牢地抓在我们手里。”

李人凤总结归纳道：“事出突然，办法只有这一个，机会也只有这一次。曦晨刚从国民党监狱出来，肯定不适合出面交涉，栋生跟冯谦光不熟，这样，明天我和梅川出面，先去说通李笑文，然后再由李笑文做通冯谦光的工作。就说这支武装成立后，服从冯谦光统一管理，消除他们的戒备心理，先把队伍拉起来再说。”

时间紧迫，几人权衡利弊，在确认没有更好办法的情况下，决定按照李人凤的路子去闯一闯。

然而，事情并没有他们想象得那么顺利。

在李人凤他们看来，在建立一支武装组织之前，必须做好一系列基础工作，首要的是搞好宣传鼓动。于是他们分头行动，深入学生、家长以及广大人民群众当中，宣传抗日救亡，并以上体育课的名义组织指导高年级学生深入进行队列和武器使用训练。

“老师不好好搞教学,搞什么武装,我看这是不务正业!”

“何止是不务正业,简直是图谋不轨!”

从李人凤准备拉队伍开始,土豪劣绅便不时来到县政府添油加醋地制造流言蜚语,企图将刚刚诞生的抗日组织扼杀在摇篮中。

面对这些挑拨与流言,冯谦光表面上嘉许他们对政府的忠诚与拥护,内心却打着自己的如意算盘,再加上李笑文的“疏通”,他决定先答应李人凤的请求,等这支武装成立以后再控制在自己手中,为己所用。

有虑于此,冯谦光表面微笑地打着官腔对李人凤说:“你们的想法很好,这也是抗日大局的需要嘛!既然是学生军,我看就叫‘临淄青年学生抗日志愿军训团’吧。不过这事儿归县教育科管,你们需要去那里办个手续。”

李人凤拿着冯谦光的手谕来到县教育科,没想到在组建人员数量上却遇到了阻力。

“冯县长既然作了批示,那就招80人吧!”教育科长刘卜安傲慢地批复道。

“我们提出的申请是200人,你怎么能一下子给砍掉一半多!”李人凤强忍怒气,据理力争。

“县民团才多少人,你们就要招200人。”刘卜安依然蛮横地说。

这下可惹怒了一忍再忍的李人凤:“一个班12个人,按三三编制，一个排36人，我们招一次兵不能只组建两个排吧，那算什么编制？既然冯县长都同意了，你为什么百般刁难，不行我们去找冯县长评理去！”

李人凤说完，就要拽着刘卜安去县政府。

李人凤的一通火过后，刘卜安才开始正眼打量这个如此厉害的白面书生：至少一米七五以上的个头，一张典型的国字脸，一双剑眉像两把锋利的匕首，不怒自威，炯炯有神的双目扫过人身上的时候，似乎有种灼痛感，让人不寒而栗。

看到这里，刘卜安心里一阵发毛，声音也低了八度：“那你说多少人？”

1992年8月，为了传承红色基因，淄博市临淄区在原西关小学旧址建立“临淄青年学生抗日志愿军训团纪念碑”（李淑阔　摄影）

“120 人，再也不能少了！”李人凤的话斩钉截铁，不容更改。

“那就 120 人吧！”得到答复并签完字后，李人凤一把夺过申请书，旋风般冲出门去。

李卜安一下坐在椅子上，冒了一头冷汗。

三、砺剑

1

“道生，听说李人凤老师要成立军训团，打鬼子，不知是真是假，咱去看看吧！”敬仲镇褚家村李培生得到消息后，立马跑到东柳村最要好的同学王道生家中。

正在牛棚掘粪的王道生把手中的铁锨一扔，从粪坑内跳出来，将脏兮兮的双手在大襟上一抹，只说了一声“走”，连家人都没来得及告诉，便随李培生一起跑到离家乡十五六公里的西关小学报了名。

从此以后，他们紧紧追随李人凤的足迹，出生入死，转战南北，又双双被部队提拔重用，并光荣地加入了党组织。1948年9月，华东野战军按照中央军委的指示，对国民党重兵守备的济南发起大规模的攻坚战。时任二十九师八十五团一营营长的王道生指挥部队，英勇奋战，在这次战役中壮烈牺牲。李培生则光荣地参加了抗法援越战争，回国后先后任南京军区安庆军分区司令员、南京军区顾问委员会顾问等职，为建设人民军队做出了积极贡献。

采用招考的办法成立青年学生抗日志愿军训团的告示一经张贴，来自临淄县立中学、济南乡师中学以及临淄第一小学和西关中学高年级的学生纷纷报名，要求参军。部分青年教师也脱下长袍，挤进报名的队伍中。

招考结束时，参加报名的人数迅速增加到200余人。

这里发生的一切，没有逃过军统特务王尚志的注意，但是他也无法阻止，最后只好安排了少数蓝衣社分子混入其中，以达到窃听军训团内幕，控制军训团行动的目的。

秋虫唧唧，夜风习习，喧嚣了几天的西关小学安静了下来。应招报名的师生早已带着参军报国的宏愿进入了梦乡，校长办公室的灯却还亮着。

李人凤、陈梅川等四人一张一张地筛选着报名表，激情不已，兴奋的脸上写满了希望。

“不能录取混在里面的蓝衣社分子，他们要是参与不但可能要搞破坏，而且会影响我们队伍的纯洁性。”共产党员李曦晨站在纯洁队伍的角度，首先表明了自己的观点。

陈梅川接着说：“我也发现了这个问题，这本来就是王尚志蓄意制造的阴谋。”

“这个问题我早已发现。”李人凤说，“目前的形势是政权控制在以冯谦光为首的国民党县政府手里，冯谦光想依赖王尚志得到上司的赏识，以巩固他的统治地位，而王尚志想借冯谦光这个‘地头蛇’，稳固他们对地方政权和武装的控制，可谓互相利用,各取所需。现在我们竭力打造的革命武装尚处在萌芽状态,将来的武器装备、给养供应很大程度上还得依赖他们。如果现在揭穿他们的阴谋,只会为队伍的组建制造障碍。”

听完李人凤的分析,李曦晨和陈梅川觉得很有道理。于是,李人凤、陈梅川以主考官的身份将熟悉的进步学生和青年教师加以圈定予以录取,同时假装不知录取了几名蓝衣社分子,在日常管理中指定专人秘密监督。

1937 年 10 月,经过认真策划和精心准备,以爱国青年学生和进步教师为主体的“临淄青年学生抗日志愿军训团”正式宣布成立,分为 6 个班,每班 20 人,共 120 人。冯谦光担任名誉团长,李人凤为教导队队长。归建之后开始训练,李人凤负责教授游击战术,陈梅川负责民众组训,国民党军校毕业生潘兰台负责步兵操练和队列教练,李曦晨、李清桂两人作为秘密党员,为了不引起冯谦光、王尚志的注意,决定暂时到班里当战士:李曦晨编入了三班,李清桂编入了六班。

10 月下旬,天气转凉,人们惊奇地发现,在临淄西关神兵天降般冒出了一支队伍。他们的口号充满了稚气,但总是十分响亮;他们的步子虽然还不整齐,着装也不很统一,有的穿着对襟褂,有的穿着学生装,但个个精神抖擞,充满了朝气。群众中不时传来“啧啧”的称赞声:“您看这些年轻人,多有活力啊,拉到前线打鬼子一准都是好手。”

可是国民党顽固分子却不这么看,他们心怀不满,甚至视若仇敌。

有一次在队伍集训整队时，李曦晨因动作迟缓了点，知道他是共产党员的国民党教官王法宗借机狠狠打了他两拳，目的就是想把共产党员逼出革命队伍。为了顾全大局，李曦晨只好忍气吞声，后来为了避免矛盾进一步加剧，也是为了保住革命火种，李人凤借故安排他退出军训团，暂时去做党的联络工作。

天气渐渐转凉，训练不觉已过去了一个多月，眼看这些开始步子都走不齐的娃娃兵，一个个由“小白脸”变成了“黑包公”，由青年学生变成了正规军人，李人凤在心里暗暗高兴。唯独有一件事让他焦心，那就是大家已经玩腻了用木棍练刺杀的游戏，每个人都想拥有一支端起来能刺杀、瞄起来能射击的钢枪。

可是这钢枪让他往哪里找去?!

“找冯谦光！”不知什么时候，陈梅川突然从他背后走了过来。

“是呀，这段时间真是忙晕了，我怎么就忘了这茬了呢！”李人凤回过头来一拍脑袋说：“再怎么说，这支队伍是抗日武装的新生力量，只要在临淄地盘上，他冯谦光就得管。”

两人的意见得到统一。虽然他们十分清楚冯谦光滑得跟泥鳅一样，但硬着头皮也要找他，不然就给他扣上“县长带头不支持抗日”的帽子。

第二天一大早，李人凤只身来到临淄县衙，直奔冯谦光的住处。

“李校长，你这一大早过来莫非有什么急事吗?”穿一身白色绸缎宽松服的冯谦光，正悠闲地在院内遛鸟观花，见李人凤突然闯进来，开始略有些惊讶，接着打着哈哈，假装笑脸相迎地走上前来。

李人凤之所以清早堵门儿，是唯恐冯谦光听到风声躲藏起来，毕竟他的日子也不好过。

此前他还比较自在，可打王尚志、李笑文等军统分子和蓝衣社的人陆续到来，打破了之前的宁静。这些人表面上推举他、维护他，实际上是拿他当枪使，暗中打压共产党，欺压老百姓。

既然冯谦光先打了招呼，李人凤心想，他也没有必要拐弯子，便开门见山地说道："李某之所以急着清早来见县长大人，主要是想汇报一下军训团新兵的训练情况。"

"好呀，好呀！"冯谦光依然打着哈哈："听说这些娃娃兵训练热情很高，这得益于你们训练有方！"

"不瞒冯县长，"李人凤接着说道，"一开始他们的热情的确非常高涨，但最近一段时间情绪却有些低落。"

"那为什么呀？"冯谦光故作惊讶道。

"原因嘛，只有一个，他们不愿意每天拿根竹竿儿练刺杀！"

"你是想要枪？"李人凤话刚说完冯谦光就知道他此番前来的目的了。

"对，没有枪，你让他们如何走上战场奋勇杀敌？"李人凤不卑不亢。

"枪，哪里不缺枪？"李人凤刚说完，冯谦光五指插到头发里，装出一副畏难的样子说，"民团和警察局到现在也没有几杆像样的枪。"

“没有多,还没有少吗？总得想办法给这支新组建的队伍鼓舞一下士气,要不然这工作我们没法再做下去。”李人凤越说越激动。

“李校长,你先别激动,办法总会有的。”为了尽快打发走李人凤,冯谦光来了个缓兵之计,“这样,你先回去继续训练,明天我派人把枪给你送去。”

中午时分,王尚志等人听说李人凤来要枪,直接警告冯谦光说:“枪是坚决不能给的,他们现在没有枪都不服从管理,一旦有了枪还不跟你对着干！”

“我之所以答应他,是不想让他老在这里纠缠。我要一直不给,他会去告我不支持新兵训练,严重一点,就是不支持抗日武装。”冯谦光狡黠地说,“我早想好了，库房里还有几条老旧破枪,跟烧火棍没什么两样,明天送过去,堵堵他们的嘴,到时让他们哑巴吃黄连——有苦说不出。”

第二天,十几条破枪如期送到。李人凤拿过一条,拉了一下枪栓,无奈地对陈梅川苦笑了一下。

尽管因为没有枪李人凤的心里一直有些苦闷，但他在学生兵面前从未流露出半点情绪。

他不能影响大家的士气。

“李人凤是共产党！”

这天清晨,李人凤依然迈着坚定的步子第一个向校园走去,就要进大门的时候，他突然看见右侧墙面上用粗重的粉笔写着这么一行字。

这是谁干的?

“是县督学翟雪泉干的。”看门老人肯定地说,“天刚蒙蒙亮的时候,我听见门外有动静,就警觉地出来看。当时就看到翟督学带人鬼鬼祟祟地往墙上画东西,我喊了一声,‘你们干什么!’翟督学没好气儿地说:‘没你的事儿,少管闲事。’画完之后,他们就走了。”

事后李人凤得知,翟雪泉是国民党特务,他这样做的目的就是煽风点火制造舆论,妄图把李人凤逼走,使国民党牢牢握住这支队伍的领导权。

一波未平,一波又起。临淄县头号大地主王子相担心这支队伍一旦壮大,在高擎抗日大旗的同时,轻而易举地就会“革”他的“命”。因此,他决定在背后插上一刀,便在辛店豪华酒楼设宴招待县长冯谦光和三区区长陈瑞符。

酒过三巡,菜过五味,王子相端起酒杯对冯谦光说:“冯县长,王某敬您一杯,先干为敬!”说完一饮而尽。

王子相虽然有钱有地有人有势,但冯谦光也不是等闲之辈,王子相特意派人送函邀请冯谦光就知道这个地主老财肯定有事找他。

“说吧,王大财主,今天请我到底有什么事儿?”冯谦光借着酒劲连讽带刺地说,“据我了解,你也不是随便请客的主!”

“看您冯县长说的,我王某可是你最坚定的拥护者。想必您也看到了,像李人凤、陈梅川这些人,不好好教书育人,却舞枪弄炮拉队伍,纯粹是图谋不轨。如果任由他们这样胡闹下去,我怕将来的临淄恐不为您冯县长所能掌控啊。”老奸巨猾的王子相说完这句话,并不关注冯谦光的态度和表情,而是端起酒杯走到陈瑞符面前,故作谦恭地说:“陈队长,老朽敬您一杯,祝您升官发财,宏图远大!”

“你提醒县长提醒得好呀!”酒已半醉的陈瑞符不无恭维地说,“李人凤这帮臭教书的,我早就看不惯了,任其发展,绝对会后患无穷!”

王子相分头敬过之后,冯谦光叫上陈瑞符共同举杯,感谢他的盛情招待和善意提醒,并表示李人凤的问题回去之后他会酌情处理。

王子相妄图借冯谦光之手扼杀军训团的阴谋尚未得到实施,侵占济南的日军已沿胶济铁路继续向东进犯,先头部队已经到了周村和张店,临淄已是近在咫尺,朝不保夕。

一场暴风骤雨就要来了。

2

“训练暂时停止,大家准备迎敌!”大敌当前,李人凤果断做出决策。

“可我们手里没有家伙,单靠这些学生兵的一腔热血,用大刀、长矛显然是不行的,何况他们也只训练了一个多月。”陈梅川担忧地说。

“要不找曦晨商量一下吧，他是党的人，又长期做联络工作，也许会有办法。”正当他们一筹莫展的时候，李人凤想起了自己的党员师弟。

“借！”收到口信连夜赶来的李曦晨，刚一进门就说道。

“借？找谁借？”两人眼睛瞪得老大。

“40多条枪就躺在你的校舍里，你们不去借，难道它会主动跑过来！”李曦晨话一说完，两人也被逗笑了。

原来，正当他们为枪发愁的时候，张店已经被日军占领。驻守张店车站的蓝衣社分子李熙光、赵继尧见日军来势汹汹，连拥兵自重的韩复榘都自觉不敌，弃城逃跑，他们也急忙带着队伍跑到临淄，暂且投奔了王尚志。而王尚志初到临淄，立脚未稳，一下收容40多人根本不可想象。此时，李人凤正好卖了个“人情”，暂且安排他们在学校休息。

“虽说我们暂时‘收留’了他们，但是提出借枪他们肯定不会答应。”李人凤不无担忧地说。

“找找李笑文吧，让他帮着说说情，虽说他和我们走的不是一条道，但毕竟小的时候也是同学一场。”陈梅川想到了李笑文。

“既然这样，不妨一试，不过这事儿还需李校长出面。”李曦晨用激励的目光望着李人凤，“你在临淄地界很有影响，就连冯谦光都让你三分！”

“是呀，这事李校长出面十拿九稳。”不知什么时候，李清桂一步闯了进来。

当天晚上，以同学朋友小聚为名，李人凤将李笑文邀请到学校食堂，李笑文又以“压惊”为名将李熙光、赵继尧叫上饭桌。

席上虽说没有大鱼大肉，也没有高档美酒，但各种菜品也是精心烹制，处处体现出同胞乡人的真情。

本来失魂落魄、跑来避难的李熙光在此受到如此款待，心中闪过一丝感激。李人凤趁机提出借枪之事：“为了抵制日军东进，我们准备去临淄四区中埠村起一批枪支弹药。可是我的军训团刚刚成立，县里尚未给我们配发武器，总不能赤手空拳去起枪。因此，想借李队长家伙一用，事成之后及时归还。”

“是呀，李队长，大敌当前，我们应当相互支持，抱团取暖。”未等李熙光表态，陈梅川及时加了一把火。

因事先有约，李笑文不能食言，趁机对李熙光说道：“李队长，既然今天在西关小学相会，我们都是有缘人。现在李校长遇到一点困难，需要您帮个忙，不知能否给兄弟个面子？”

折腾了大半天，疲惫加狼狈的李熙光懒洋洋地向赵继尧挥了挥手，说：“继尧，带着兄弟们去取家伙，所有弹药都带上，以防不测。”

学生兵亲手接过黑漆油亮的“汉阳造”，心里有种说不出的高兴，你传给我，我传给你，喜爱之情自不必言说。

枪支弹药到手后，李人凤当即做出部署：“目标：中埠村大地主王富贵家。兵力分配：中埠村是你李清桂的家乡，地熟人熟，就由你带领一支小分队打前站，摸清情况，做内应；我和崔醒农带人堵大门，陈梅川和李曦晨带人堵后门。枪一到手，立即到铁路南设伏，准备迎敌！”

部署已毕，三组队伍趁着夜幕，向临淄西南的中埠村飞奔而去。

这天夜静得出奇，村里几只缺食的狗听到沙沙的脚步声，只懒懒地叫了几声。李人凤暗暗地想："真是天助我也，这下十有八九就成了。"

"跑了，都跑光了！"等李清桂打开大门，偌大的院子，只有一个老家奴留守看护。三组人员分头搜索，折腾了大半夜，也只找到一支马枪和一支短枪。

日军已然在周村、张店安营扎寨，李人凤估计敌人很快就会东进，以策应由青岛登陆的日军，尽快打通胶济铁路全线。因此，他一面果断派人将准备迎敌的情况向冯谦光通报，并请他派兵支援；一面带上现有武器，飞速前往日军东进的必经之地矮槐树与合顺店村沿线铁路现场勘察，准备打敌人一个伏击。

3

旧历腊月正是酷寒天气，凛冽的北风吹得树木杂草呼呼作响，干坼的土地上冻着一个一个冰疙瘩，走在上面，一不小心就会摔得人仰马翻。尽管如此，进村之前，李人凤宣布了一条铁的纪律，那就是天上就是下刀子也不能进驻民房扰民，那样的话，咱们与国民党的军队还有什么两样？

部队到达目的地时，肆虐的北风不但没有停下来的意思，而且越刮越烈。既然有纪律，他们只好来到村中一处破旧的祠堂周围临时落脚。战士们就地取材，每人身下垫几把谷草，权当休息的睡床。

听说村里来了一支人民武装，却没有见到队伍的影子。老乡们便相互传话，四处打听。等他们得知军训团为了避免扰民忍饥受寒住进简陋破旧的祠堂里时，纷纷从自家的口粮中省出一些煎饼和窝窝头给学生们。

饿极了的学生们接过窝窝头，一口咬下去，冰凉干涩，难以下咽，嘴里的玉米面儿簌簌地掉了一地。个别家庭比较富裕、一时冲动加入军训团的学生，因意志薄弱，吃不得苦，当晚就有人开了小差。

李人凤看在眼里，急在心里。但是自古道“吹尽狂沙始到金”，连这点苦都吃不了的逃兵，要是到了真刀真枪的战场，不是孬种也会叛变。所以，这种现象在他看来也属正常，能够接受考验留下来的当是坚定的抗日精英。

军训团尚未参战就出现逃兵的情况，很快被临淄地下党组织得知，他们当即指示李曦晨积极配合李人凤加强队伍的思想政治工作。

“做战士的思想工作是一项长期的政治任务。可眼下这些学生兵既年轻，又没有战斗经验，真的与训练有素、杀人如麻的日本鬼子面对面地干恐怕会吃亏。”李曦晨坦言。

“所以要想取胜，坚决不能硬碰硬，必须智取。”李人凤说。

“对，敌人东进必定依靠铁路，那么我们先把铁轨撬了，他再想前行，就得先把铁路修好才行。这样我们便可趁机打他个伏击，让他们措手不及！”李曦晨显得胸有成竹。

“这个办法不错。可撬铁轨是个技术活儿，我们既不懂技术，又没有专用工具，搞起来很难。”李人凤的顾虑是很现实的。

“这一点，我们地下党组织已经想到了，他们已通过关系从辛店车站约定了十几名铁路工人，我去把他们请过来就行。”李曦晨说。

“那就太好了！崔醒农?！”李人凤喊道。

“到！”一中队一分队队长崔醒农响亮地回答道。

“我从六个班中每班抽调两个人，组建一个 12 人的铁路破袭小分队，你来担任队长，由曦晨请来的铁路工人做技术指导。执行任务的地点就在矮槐树村地段。”李人凤命令道。

矮槐树伏击战发生地

崔醒农受领任务后带领小分队，借着夜色，顶着寒风，迅速与李曦晨请来的铁路工人会合，他们在矮槐树村南铁路上一字排开，一个个螺丝被松动，一块块夹板被拆除，一条条钢轨被撬起翻进了壕沟。天气虽冷，由于大家充满了战斗的激情，所以一个个干得满头大汗。

得到李人凤要伏击日军的报告后，冯谦光怕军训团抢了风头，便急忙与王尚志商议，决定派陈瑞符率民团配合。

按照战斗部署，军训团在铁路南侧的合顺店村北沟沿埋伏，民团在铁路北的矮槐树村埋伏，辛店车站安排一个训练有素的三人小组正面阻击，并规定以车站枪响为令，南北同时夹击。

矮槐树村原名宣王店，坐落在辛店以西、胶济铁路以北，东靠乌河源头，距离东北方向的临淄县城有十几公里。村东旧有古槐一株，传说宋太祖赵匡胤在陈桥兵变建立宋朝后，为消除地方割据，曾率兵北伐到此。因长途奔袭，人困马乏，他便下令部队进村休息。当他看见路边一棵遮阳庇荫的大树时，便将身上的战袍脱下，随手挂到树枝上，从此以后，此树不再长高，人称矮槐树。后来宣王店便改称矮槐树村。

由于事先做了周密部署，加上小分队刚刚对铁路进行了成功破袭，因此矮槐树伏击战大获全胜。

第三章 烈火金刚

出于严酷战争形势的需要，李人凤将部队拉到南部山区进行锤炼。为了加强自我保障，他白手创办被服厂、兵工厂、战地医院。革命伴侣刘孟追随他的足迹，发挥自身优势，护理伤员，宣传抗日，动员亲朋和广大妇女加入革命队伍。经受血与火的洗礼的李人凤毅然加入党组织，实现了夙愿。面对国民党顽固派肆意破坏团结抗日，妄图吃掉羽翼未丰的革命队伍的反动行径，他带领官兵，不畏强暴，迎头痛击，一举端掉伪司令部。

一、锤炼

1

矮槐树伏击战结束时天已黄昏，硝烟和着被烧焦的野草味儿缓缓地弥漫开来，喧嚣的土地日渐沉静，骤然响起的枪声让这座千年古都变了模样。

“小鬼子进山东后，还从来没吃过这么大的亏，他们绝对不会善罢甘休，而且必定会疯狂报复，所以我们必须马上转移。”李人凤看着尚未散去的硝烟说道。

“辛店周围肯定不能待了。可是要转移，去哪里更为合适？”李曦晨说出了自己的顾虑。

“我觉得，应该到临淄北部的农村去，那里群众基础好，而且他们现在也知道了我们这支队伍是真正打鬼子的队伍。”李人凤透彻地分析道。

“进山。为了保存实力，同时也为了有效地避免鬼子的报复，我们应该到南部山区。”不知什么时候，王尚志来到了他们身边。

“我支持进山。”他身后的陈瑞符也应声附和道。

面对这种情况，李人凤不易察觉地向李曦晨使了个眼色，对王尚志应付道:“现在战斗刚刚结束,容我们休整片刻,商量一下。”

“也好,也好！”王尚志说道。

见王尚志走远,陈梅川凑过来说:“这帮家伙滑得像泥鳅,还是离他们远一点为好,以免上当。”

“他们自以为想法很高明,可我们不会上当。但是,大敌当前,过早地跟他们分道扬镳,恐怕对我们不利。”李曦晨说道。

“是呀,我看先跟他们一起进山观察一下形势再说。咱好不容易拉起的队伍,肯定不能落入他们的圈套。”虽然刚刚指挥过第一次战斗,李人凤的脑子却非常清醒。

“对,到南部山区！”李曦晨看了看他俩说:“我们这一仗打疼了鬼子,也吓坏了在一边看热闹的民团老爷们。这些人过惯了花天酒地的日子,到山区后开小差的肯定不少,说不定我们可以趁机‘捡’点家伙什儿用。”

“既然进山利大于弊,事不宜迟,我们立即行动！”李人凤果断地命令道,“曦晨、梅川,给你们留下两个班打扫战场,安置伤员,然后分头去淄川、寿光与党组织取得联系。我带领大部队星夜赶往南部山区休整,伺机再动。”

果如李人凤所料,第二天清晨,已经转移到青州郭庄、垛庄一带山村的军训团队员从山头上向北望去,看见插着膏药旗、架着重机枪的摇子车耀武扬威地向东开去。他们知道，自己的家乡被日寇占领了，心里顿时有种说不出的难受。

在李人凤带领军训团战士们进山之后，王尚志与陈瑞符带领民团、警察一干人马200多人拉开长长的阵势，也向李人凤驻防的地方赶来。

2

听到胜利的消息，肥硕的躯体深陷在太师椅里的县长冯谦光，上身后仰，嘴角上翘，露出一丝不易察觉的笑。未动一枪一炮，一举占领济南，继而又杀入鲁中的日军第一次受到沉重打击，而打击他们的既不是中央军，也不是政府军，而是临淄县的地方军，而这些军队不论是军训团还是民团，名义上都是他冯谦光领导的军队，这可是他冯谦光向上级邀功请赏的雄厚资本。

他能不笑吗？

然而笑过后，他却产生了很大的忧虑。

尽管王尚志报告说这次战斗主要是他们民团打的，但事实是明摆着的。因此，他在心里说："这帮由毛孩子组成的军训团，迟早会是自己强有力的对手。"

"不能任由他们这样发展下去，必须采取必要的手段加以控制。"想到这里，他当即修书一封，火速派人送到王尚志所在的垛庄。

进山后的部队，由于不能及时得到后勤保障，只能吃粗粮，打地铺,喝雨水。那时山区很少打出水井,他们只能饮用下雨或下雪蓄积的脏水或沉淀水。

艰苦的条件、恶劣的环境,更加磨炼了军训团学生和青年教师们的意志,加上他们纪律严明,所以受到当地群众的拥护。许多有志青年穿沟过岭地找到军训团驻地,坚决要求参军参战。

第一个跑到山里来的是李人凤的学生、家住淄河店的刘玉林。

军训团刚成立时,他就认定了老师选的这条道路是抵抗侵略、保卫家乡的光明之路,所以一直偷偷地跟在队伍后面训练。然而,当时他只有 15 岁,因为年龄小未能被录取。现在又听说军训团打了大胜仗的消息,他激动得一夜未眠,清晨一早便边打听边寻找,终于找到了老师的队伍。

与军训团相比,王尚志、陈瑞符带领的民团却表现出巨大反差,正如李曦晨分析的那样,他们在城里时过惯了吃喝玩乐、偷鸡摸狗的日子,现在突然把他们拉到偏远的穷山沟,过这种清苦而单调的生活,根本就无法适应,因此开小差的事时有发生。尽管他们发出了"再有逃兵,军法处置"的严厉警告,但所起的作用微乎其微。

正当王尚志苦闷无计的时候,接到老谋深算的冯谦光的书信,精神为之一振。

1938 年1 月上旬,临淄武装部队整编工作煞有其事地在南部山区展开。王尚志想当头的想法自然行不通,因为他手下的一些人不服气。现在他有了冯谦光这个当地最高行政长官的支持，便又增加了几分底气。但部队整编不是小事，必须名正言顺,起码在国共合作的大气候下要说得过去。

正当此时,王尚志的上级、国民党中央军事委员会别动总队第五纵队司令秦启荣雪中送炭，派人给他送去一张鲜亮的委任状:“兹任命王尚志为国民党中央军事委员会别动总队第五纵队第二游击区司令、李笑文为副司令。第五纵队司令 秦启荣。”

冯谦光、王尚志乃至秦启荣之流的伎俩,一开始就没逃过李人凤的法眼。但是为了保护抗日队伍的有生力量,更是为了保存革命的火种,他表面上积极地赞成和接受整编。

整编后的第二游击区下辖三个大队，一大队由原国民革命军第二十九军溃败逃散的一个连 100 余人组成，大队长由该连连长赵元顺担任;二大队由临淄国民党民团 200 余人组成,大队长由陈瑞符担任;三大队由军训团 90 余人组成,大队长由李人凤担任。随后三大队编为两个中队,一中队队长由张店机务段退役老兵、只有一只眼睛的赵继尧担任,辖一班、二班、三班;二中队队长由蓝衣社分子潘兰台担任,辖四班、五班、六班三个班。三大队的番号由此诞生。

然而,在王尚志看来,军训团虽然被整编接受了第二游击区的管辖,而且在中层干部中安插了自己的嫡系,但政治上总觉得军训团不可靠,所以他每天都在琢磨如何瓦解他们,从而使其真正变成听招呼、敢拼命的“自己的队伍”。

李人凤意识到这一点时，心里一阵阵发毛。王尚志是这支队伍的总统领，一大队、二大队合起来的兵力三倍于己，装备又好，稍不留神，就有被吞灭的危险。

“硬拼肯定不行，必须想出最好的计策来，既要对付他们，也要保护自己，而这个计策不能让任何人看出来。”想到这里，李人凤心生一计，立即用草纸写了一串名单，让通讯员通知部分人员到大队部召开紧急会议。

此时已是黄昏，被通知的十几个人来到大队部院内的地窖里，才知是由复兴社的人参加的专门会议。

“复兴社”是“中华民族复兴社”的简称，成立于 1932 年 3 月。该社强调“一个主义，一个政党，一个领袖”，推行对蒋介石的个人崇拜，旨在加强蒋介石嫡系对军队军官的思想控制，是一个以黄埔系精英军人为核心的既反苏又反共、带有情报机构性质的军事组织。由于他们模仿意大利黑衫军和纳粹德国褐衫队，均穿蓝衣黄裤，故又称“蓝衣社”，是国民党军统的前身。

“我们向往共产党，自己的老师作为军训团的负责人，怎么会开这样的会议？”有人对这个会议产生了怀疑。

“我们不应该持怀疑的态度，大队长这样做自然有他的道理。”多数人坚信李人凤肯定自有打算。

会议果然奏效，潘兰台、赵继尧的喜悦之情溢于言表，感觉李人凤把他们当成了自己的心腹。另有两名队员欣喜之余自行暴露是老复兴社分子，表示“坚决拥护”大队长的领导，将“党国”的事业发扬光大。

李人凤召开“复兴社成员骨干会”的消息，很快传到王尚志的耳朵里。作为一名老牌特工,他想事情没有想象得那样简单,凭他对李人凤的了解,他既然在困难重重的情况下拉起了队伍,绝对不会轻易改变自己的信仰。他这样做无非掩人耳目,制造假象,借以发展壮大自己。

"此人不除,后患无穷!"一项恶毒的计划在王尚志脑海中形成。

这是一个夜黑风高的晚上。时值隆冬,山区的气温本来就低,四级多的西北风夹带着枯枝败叶,刮在脸上就像刀割一样生疼。

军训团官兵经过一天的战术训练都已休息,彻骨的寒冷毫不留情地扑向四周站岗执勤的哨兵,无奈之下,他们只好紧贴着墙角屋后避寒保暖。

半夜时分,一只黑影蹿跳挪移,躲过岗哨的视线,蹑手蹑脚来到李人凤的住处,用匕首轻轻拨开屋门的门闩。当他正要举手行刺的时候,一个硬邦邦的东西顶在了他的腰上:"举起手来,敢动就打死你!"

警卫员王凤阶将刺客押到油灯下,一手扯掉他头上的黑色面罩。"说,你是谁,是谁派你来的?"李人凤凌厉地审问道。

"说,不说就劈了他!"听到响声,战士们个个舞动拳头,愤怒地围拢上来。

为了保全性命,刺客终于说出了真相。

原来他是复兴社分子,天黑前根据王尚志的密令,实施刺杀李人凤的行动,目的就是想夺取这支队伍的领导和指挥权,进而达到扼杀革命力量的目的。

听完原委,一名战士义愤填膺,顺手一刀向刺客劈去。当大家想制止时,此人已断气。

“你也太鲁莽了,好好审问,说不定能审出更多的东西来。”站在身后的李曦晨走上前来,狠狠地批评说。

“算了,算了,他只是王尚志的一个小爪牙,杀了他,他也是罪有应得。”李人凤安慰道,“大家都回去休息吧,明天还有任务。”

经过这场险情,李人凤躺在床上再也没了睡意,他感受到了斗争形势的严峻,也对未来的革命充满了深深的忧虑。

王尚志果然打着自己的如意算盘。

整编工作一结束,他就想出一个恶毒的计划,即借助一大队是国民党正规军、战斗力强的优势,强行把二大队、三大队拉到临朐——他们的大本营,然后想寻机吃掉这两支武装。

获悉这一情报,李人凤悄悄找到陈瑞符,从切身利益出发,说服了他,二大队、三大队暂时结成了统一战线,对王尚志的企图进行了坚决的抵制,王尚志的阴谋宣布破产。赵元顺经此事件看清了王尚志的真面目,不久率领一大队全员出走。

1938 年 1 月下旬,为了与登陆青岛的日军会师,驻守鲁中地区的日军主力部队沿胶济铁路向东开去,临淄地区周边一时空虚。为了壮大队伍,也为了便于开展敌后工作,李人凤及时抓住这一有利时机,联络陈瑞符,坚决要求将部队开回铁路以北。1 月 20 日,陈瑞符的二大队进驻临淄城,三大队进驻城北刘地官庄。

三大队驻防刘地官庄

在三大队进驻之前，该村已经驻防由30多人组成的区中队，临淄五区的区公所也在此村。闻听三大队这支抗日先锋队从南部山区归来，区长耿兰亭率领全体队员夹道欢迎并集体加入了军训团。

区中队的加入，不但壮大了军训团的武装力量，而且在气势上也壮大了与妄想吃掉自己的敌对势力抗衡的力量。

此时正值腊月二十三，是北方的小年。村里的老乡们为了慰劳抗击日寇的勇士们，将年货拿出来，送到李人凤的住处。区长耿兰亭带领区公所的同志跑前跑后，杀猪宰羊，热心张罗。经过精心准备，新老队员美美地饱餐了一顿，这也是三大队从矮树村伏击战以来吃的第一顿饱饭。

李人凤的家乡南卧石村位于临淄最北方，与广饶县交界，他读书时的一些奇闻轶事多有传到广饶的村落。他拉起队伍打鬼子之后,更是在周边各县名声大振,成了人们心目中的英雄。

严酷的形势铸就了一支初出茅庐的新队伍，初战告捷的英名与秋毫无犯的纪律,更使这支部队在临淄周边地区独树一帜。许多人纷纷注视着这面在寒风中猎猎作响的大旗。在广饶地下党上门联络之后,原来一时动摇离队的队员大部分要求归队,队伍更加发展壮大。

3

部队进驻刘地官庄的第二天，中共广饶县委派地下党员任圣符、吕乙亭来到三大队,要求帮助解决盘踞在县委活动中心延家集的一股叛军。

这支叛军原是中共广饶县委领导下的地下党员延春城发动组建的八路军鲁东游击第九支队。由于当时缺乏经验，混入队伍中的延盾、延营海、丁得利等一伙土匪武装,勾结广饶县国民党头子李寰秋、赵晋卿篡夺了部队的领导权,横行乡里,无恶不作,影响极坏,游击队员和当地群众恨得咬牙切齿,却又无可奈何,亟须平叛,挽救革命队伍。

根据这一情况,李人凤首先与广饶县委的同志进行了沟通,决定立即采取行动。之后他组织召开了由分队长以上干部参加的紧急会议,决定在旧历年的除夕,趁顽匪准备过年、精神懈怠、警惕放松之际,一举将其消灭。

土匪驻地在临淄城北、广饶南部的延家集。经会议研究,精密部署,李人凤决定派连增壁、胡兰芝和崔醒农组成三人尖刀组,由崔醒农带路,在夜幕的掩护下,悄悄到达南卧石村进行抵近侦察,摸清叛军分布情况和火力部署情况。与此同时,李人凤率三大队一部秘密奔袭,将部队布置在延家集村外。

两支队伍会合后,李人凤命任圣符带路悄悄摸进村子。

担任警戒的哨兵无精打采地抱着枪在打瞌睡,稀里糊涂中就被放倒了。哨兵一经解决,队员们迅速出击,包围了叛军驻地。

此时沉浸在除夕节日气氛中的叛军,正在推杯换盏,胡吃海喝,戒备松懈,突然一阵"不许动,缴枪不杀"的喊声在耳边响起,还没醒过神儿来,一枪未发,就全部当了俘虏。

战斗结束时正值大年初一,迎着光芒四射的朝阳,三大队的战士们兴奋地扛着缴获的 40 多支钢枪,在多彩的晨曦中凯旋。此次平叛为中共广饶县委的革命活动扫除了一大障碍。

"延家集平叛的胜利至少给我们带来了三点启示。"李人凤在战斗总结会上说。

李人凤一开口,大家齐刷刷地向他投去期待的目光。

于是他继续说道:"第一点启示,首先,要有党的领导。延家集武装是地下党员延春城发动并创建的,虽然后来的领导权被土匪头子窃取,但队伍里边不乏党培养的革命骨干。其次,广饶地下党员任圣符、吕乙亭在联系我们前往平叛前,已经摸透了敌人的底细和兵力部署情况，我们里应外合才顺利得手，迅速结束战斗。第二点启示，一切行动听指挥。任务分配之后，各分队严守纪律，行动迅速，配合默契。第三点启示，团结一切可以团结的力量，积极开展统战工作。为了夺取这次战斗的胜利，我们安排陈梅川、李曦晨通过与中共鲁东工委沟通，与寿光马保三部也就是山东人民抗日游击第八支队和长山的山东人民抗日救国军第五军马耀南部取得了联系，请他们设防，以防外来的敌人突然袭击。另外，我们还与国民党十六旅旅长李寰秋面对面地讲述统一战线、联手抗日的民族大义，使得在我们采取行动时他能按兵不动。在今后的战斗中，我们要不断总结经验，继续与所有愿意抗日的力量携手，以便相互支援，共同战斗，为夺取新的更大胜利奠定牢固根基。”

在战斗中度过春节的第六天，李曦晨与陈梅川、崔栋生一行三人代表三大队党组织来到寿光，将延家集平叛及三大队全面建设情况一并向中共鲁东工委做了汇报，广饶县委书记延春城参加了汇报会。

“三大队发展速度很快，也取得了很大成果，这是大家有目共睹的。但是，目前部队组成人员还比较复杂，下一步要加强政治工作，加强纪律教育，提高人员素质。”听完三大队的汇报，工委组织部部长杨涤生讲评道。

“请工委领导放心，回去以后，我们立即传达工委指示，做好部队教育整顿工作。”李曦晨表态说。

“延书记，”杨涤生转而对延春城说道，“你们要选派优秀共产党员到三大队，加强他们的组织力量，确保三大队在党的领导下健康稳步发展。”

“是！”延春城响亮地回答道。

几天之后，按照中共鲁东工委的指示，中共广饶县委即派吕乙亭、任圣符、岳拙元、延子余、刘博泉等优秀共产党员来到三大队加强组织建设，同时又相继增派王林、门金甲、阎维华、邓谦甫等20余名爱国进步青年深入三大队的战斗班排，充实了部队的骨干力量。

短短三个月的时间，连续进行了两次战斗，青年学生、革命志士从现实中看到了这支部队的显著战果，看到了这支部队勇于抵抗侵略、舍身保卫家园的信念和意志，更看到了他们日益发展壮大的希望之所在，因此纷纷要求加入这支队伍。因受反动势力蛊惑，误入旧民团、旧军队组织的工农子弟，也主动弃暗投明来到这里。

为了加强对这支逐渐壮大而又成分复杂的部队的管理，在骨干力量配备上，班子成员认真筛选，反复衡量，最后任命吕乙亭为二中队副队长，任圣符为特务中队指导员，岳拙元为作战科科长。同时，任命崔醒农为一分队队长，张树森为二分队队长，许殿钦为三分队队长，王于乐为四分队队长。

此时的三大队已经成长为鲁东地区一支威慑敌人、保护人民的重要革命力量。

1938年3月的一个夜晚，益都一名地下党员化装成农民跑到三大队报告了一个信息：日军正在朱良、良孟一带进行“扫荡”，所到之处烧杀抢掠，无恶不作，两个村的房屋淹没在一片火海之中。

敌情就是命令！李人凤只说了一句“抄家伙！”便带领全体队员借着夜幕的掩护，沿着军民齐心挖成的抗日沟一路向东，直插敌后。当他们赶到目的地时，敌人已经挑着抢来的鸡、牵着抢来的羊开始撤退。李人凤一方面命陈梅川带领两个分队分赴两村帮着群众救火，另一方面亲率其余战士向敌人追去。

当敌人全然暴露在三大队面前时，李人凤一梭子弹打过去，撂倒了几个日伪军。“扫荡”的敌人，见一支队伍从天而降，不知虚实，不敢恋战，拔腿就逃。三大队越战越勇，乘胜追击。敌人扔下十几具尸体狼狈逃去。

而此时临淄国民党县长兼保安司令冯谦光，慑于日军的残暴与淫威，早已携妻将雏，带着金银细软，由警备队长王金光贴身保护，秘密逃窜，不知去向。

第二次主动与日军交手的学生兵在血与火中锤炼，在战斗中成长，部队的实战能力大大加强，李人凤与三大队的威名也在清河一带叫响。不久便在群众中流传开一曲民谣：

国民党，吃卷子，鬼子来了倒埝子；
李人凤，吃煎饼，鬼子来了杀干净。

掩映在青州市何官镇石家村南树木草丛下的这条沟，是当年四县边区抗日根据地千余公里抗日沟仅存的一条(刘炳义 摄)

4

历经几次战斗之后，根据斗争形势的需要，三大队由刘地官庄移防到淄河以东的郑家辛庄、北羊、堐头一带。这次东移，一方面是为了摆脱王尚志的控制和干扰。冯谦光逃走后，王尚志便俨然以司令自居，随时准备收拢队伍以窃取抗日战果。另一方面是为了更进一步靠近党组织。这里北距广饶县委驻地仅几公里，东距益(都)寿(光)临(淄)广(饶)四边县委所在地益都何官镇石家村驻地也只有十几公里。这些地区的群众基础非常好，尤其是益都七区、广饶二区、寿光五区和临淄二区的不少村庄，都已建立了党组织，部分村庄建立了抗日救亡群众团体。所有这些条件，对三大队的发展十分有利。

1938 年 3 月，李人凤率领三大队驻防郑家辛庄，中共临淄县委为了安全起见，也在该村办公

三大队大队部旧址

有了党组织的关怀、群众的拥护，适逢日军到外地“扫荡”的空隙，三大队积极宣传党的抗日政策和主张，宣传革命英雄主义思想，队伍得到了快速的发展，人员由原来的两个中队扩展到五个中队。其中，李墨轩在临淄北部的卧石、北羊、石槽一带组建的一支武装被编为三中队；李吉亭、李德亭、徐协五等在龙池、宋家一带组建的武装被编为四中队；张景商、耿兰亭在临淄五区组建的武装被编为五中队；訾梅村在訾家、郭村以五子炮、老式抬枪组建的一支武装被编为炮兵中队；原大队直属特务队在原来的基础上扩充为特务中队，王立庠任中队长，任圣符任指导员。至此，三大队发展成为一支拥有五个步兵中队、一个特务中队、一个炮兵中队的近千人的队伍。

1938 年 3 月，为了弥补武器弹药的不足，三大队自主创建了兵工厂。图为土法制造武器弹药时的情景(李晓岩　提供)

当地人民群众眼见以临淄青年学生和进步教师为主组建的

革命队伍，日渐成为他们的主心骨和保护神，便倾心尽力，拥军参战。大铁佛村、郑家六端村的裁缝，带来了自己的缝纫机，为队员们缝补军衣；五路口的于跃天把自己染坊的工具搬到大队驻地，由此启动建成了三大队自己的被服厂；胡兴木、王惹斋平时干着修土枪、起石头的营生，这时也放下手中的活计，帮队伍修枪、修炮、造地雷，创建了最早的兵工厂。

为了搞好后勤供应，三大队陆续成立了被服厂、染织厂等(李晓岩 提供)

进入1938年夏，战争形势愈加残酷，三大队几乎每天都要与敌人进行一次生死较量，而每次战斗结束后都有一些伤病员需要救治。建设一家自己的医院迫在眉睫。

军队打胜仗，人民是靠山。为了以实际行动支持抗日，益都县朱良镇医生张禄斋带上诊所的全部家当主动来到三大队驻地，要求从事军医工作，不久他又推荐临淄皇城小马岱村的名医王又芬、王佐臣父子加入队伍。接着,李盈川、车祥云、贾云符等也陆续来到这里。从军训团一开始组建就从事医疗工作的王星旸见这支队伍不断壮大,比谁都高兴。

在一个风和日丽的上午, 李人凤与大队其他领导一起来到队部驻地郑家辛庄郑衍行的家中,宣布三大队医院正式成立。

因条件简陋,刚成立的医院初设病床 11 张,有医护人员 12 人,张禄斋为院长,王月村为代理护士长。

医院建立后,三大队经历的战斗也频繁起来,战斗越频繁,伤病员也越多,这给刚刚组建的医院提出了严峻的考验。

根据战斗需要, 医院先后随部队转移到广饶县北卧石、琚高、张淡以及临淄县的南卧石、上庄、下庄一带。为了躲避敌人的搜捕和袭扰,他们将伤病员分散到可靠的农户家中,医生巡回治疗,护士分散服务。在不断转移和巡回治疗的过程中,许多青年妇女主动加入,协助医院做护理工作,为医院发展注入了生机和活力。

二、较量

1

三大队的迅速发展壮大,得到了上级党组织的充分肯定和赞赏,同时也引起了王尚志等蓝衣社分子的恐慌。于是,他秘密派自己的亲信混入三大队,搬弄是非,挑拨离间,企图发动兵变,进而吃掉三大队。

延家集战斗之后,三大队回驻郑家辛庄、北羊村和孔王庄一带休整。这场战斗规模虽然不大,但是在益(都)寿(光)临(淄)广(饶)四边县区却影响很大。

中共广饶县委所派地下党员岳拙园、吕乙亭、任圣符三同志直接加入之后,鲁东党组织派工委成员杨涤生任三大队政治处主任,三大队党的组织建设和政治建设得到有效加强。

一中队副队长吕乙亭担任着党代表、指导员等多重职务,而他一进入部队驻地,似乎就看到了周围布满的一双双眼睛,闻到了炸弹随时可能爆炸的火药味儿。

位于青州市何官镇石家村的中共益寿临广四边县委办公旧址（刘炳义　摄）

吕乙亭的直觉没有错，一中队第一分队进驻临淄北羊乡不久，王尚志便派出其直属特务队分队长齐柳亭，带30余人悄悄潜入东门里，秘密监视一中队的一举一动。

“我俩到孔王庄和东门里去转转吧，看看部队的布防情况，哨兵设在哪里，机枪架在什么位置。”3月下旬的一个下午，吕乙亭对一分队队长崔醒农说。

“现在周围到处都是眼睛，我们一出现，他们就会盯住不放。”崔醒农担心地说。

“没事儿，你故意放个风出去，就说看望老同学，他们不会注意的。”吕乙亭安慰说。

知己知彼，百战不殆。崔醒农自然明白吕乙亭的用意，他俩看似很随意地在村里转悠，事实上在侦察掌握对方军事布防情况的同时，也摸清了齐柳亭特务分队的准确位置。

早春的夜晚，还有些凉意，阵阵朔风刮得透孔的窗户纸“咕哒咕哒”直响。王翰西、吕乙亭、崔醒农在一盏豆大火苗的油灯下，模模糊糊的脸上写满了严肃。

这次三人秘密会议只开了半个小时，简短明了，而战斗方案却是异常缜密。

第二天清晨，吕乙亭和崔醒农带领两个班的人马大摇大摆地走出东门，还故意放风说到广饶剿匪。这一突然情况的出现，搞得齐柳亭没了主张，出面拦截吧，人家打着“剿匪”的旗号，而且王尚志给他的任务是秘密监视，并没有授权他可以随时开枪行动。但如果不拦截，眼看到嘴的鸭子就要飞了，再说现在去报告显然已经来不及了。

正当齐柳亭左右为难、烦躁不安时，北羊村内突然响起了爆豆般的枪声。

“不好！”当他掏出手枪欲下达“做好战斗准备”的命令时，密集的枪声早已逼近，特务分队只好在慌乱之中仓促迎击。

战斗瞬间进入胶着状态，子弹贴着房屋、院墙呼啸而过，硝烟土雾弥漫，一时东西难辨。这时，村外突然传来“消灭特务队，活捉齐柳亭”的喊杀声。

根据战斗计划，外出的两个班以枪响为号，立即杀了个回马枪。王翰西带领村内队员穷追猛打，吕乙亭与崔醒农步步紧逼。

眼见特务队成为瓮中之鳖，再无退路，胆小怕死的早将枪支举过头顶投降保命，几个负隅顽抗的爬上屋顶向村内射击。只见崔醒农举枪瞄准，一枪一个，顽匪像中枪的死鸟一样"吧唧吧唧"摔倒在地上。

不到一个小时，除齐柳亭逃跑外，他的特务分队悉数被歼，土崩瓦解。王翰西立马派通讯员抄小路火速赶往郑家辛庄，将战斗情况简要向李人凤报告，同时报送了下一步的作战方案。

战场打扫完毕，王翰西命令所有参战队员迅速归队，返回村内集结，随时准备迎击敌人。

2

王尚志与三大队的较量，其实在军训团刚刚创建时就已埋下了伏笔。混入军训团的蓝衣社分子，就像一颗颗定时炸弹，随时准备给这一新生的抗日力量重重的一击。而这一切阴谋，都没能逃过李人凤的火眼金睛。不过起初只是为了稳住王尚志，发展和壮大自己的队伍。

随着斗争形势的深入发展，三大队越来越受群众的拥护和信赖，而王尚志所谓的"第二游击区"，因整日耍着假抗日、真反共的伎俩，日渐被孤立和排斥。因此，王尚志每时每刻都在酝酿着消灭三大队的阴谋，借以保存自己。

如果说派出齐柳亭进驻北羊东门里监视三大队一中队是其阴谋计划的第一步，那么接着派出特务大队赵继尧部进驻孔王庄与第二中队对峙则是第二步。

上午11时许，得到齐柳亭部被歼灭的消息后，赵继尧带队怒气冲天地开进北羊村，当面质问王翰西为何火并齐柳亭。

“你还质问我，你应该问问齐柳亭，不，应该去问问你的主子王尚志！”正义在手的王翰西面对咄咄逼人的赵继尧，不但毫不畏惧，而且理直气壮，“齐柳亭擅自开进我的辖区，破坏抗日，被歼那是他咎由自取。如果你的特务大队不识时务，依然虎视孔家庄，下场就会比他还惨！”

“你敢威胁我，你、你、你！”王翰西一阵反击，气得赵继尧满脸通红，青筋暴突。

“你什么你？你的死期到了！”王翰西话音刚落，村外的枪声一阵比一阵密集。

“你们胆敢造反！”赵继尧强装镇静，把手摸向腰间。

“造反的是你们，把他给我捆了！”一步跨进来的李人凤厉声喝道。

没等赵继尧反应过来怎么回事，就已成了阶下囚。

原来王翰西在派人给李人凤报送歼灭齐柳亭战斗简报的时候，便传达了下一步收拾赵继尧的作战方案。

计划约定，只要赵继尧胆敢跨入第一分队防区，李人凤便亲率第二分队断其后路，两支分队前后夹击，合力包围。这时，赵继尧纵然使出七十二般变化，也难逃为他精心布下的天罗地网。

擒贼先擒王。见自己的头成了俘虏，他号称“骁勇善战”的虾兵蟹将，也逃的逃，降的降。有个亲信趁机跑回司令部，添油加醋地向王尚志报告了这里发生的一切。

不到两天时间，两支心腹嫡系部队瞬间分崩离析，王尚志闻讯，连惊带气差点没吐血。

“这真是偷鸡不成蚀把米！”王尚志像一只热锅上的蚂蚁，在司令部院里来回转着圈儿，又气又恼又怕地思忖道：“先是齐柳亭，后是赵继尧，下一个不就轮到自己了嘛！不行，我要以攻为守，变被动为主动！”

想到这里，王尚志命令警卫班加强警备，并通知司令部所有人员做好战斗准备，明天天亮前杀到郑家辛庄。

3

除掉王尚志的左膀右臂之后，三大队面临的威胁相对减轻，然而，这还不是李人凤想要的结果。于是，在将赵继尧押解回营的当晚，三大队召开了领导班子扩大会议，旨在正确地研究分析和判断形势，有针对性地开展下一步的斗争。

“这两记重拳出去以后，绝对把王尚志打疼了，他一定会进行报复性反击。”有过多年对敌经验的李曦晨首先提出了自己的看法。

“我赞同曦晨的观点。”陈梅川说，“王尚志本来是想打我们的主意，结果被我们打了个措手不及。眼看他最后的阴谋就要破产了,他不但要破釜沉舟地进行反扑,而且很有可能明天就会杀过来。”

听到他俩的分析与自己的研判相吻合,李人凤不再犹豫,当即决定连夜出击,杀进王尚志的司令部,一举端掉他的老窝。

半夜时分,微风拂动,田野的草木发出轻轻的响声,不甘寂寞的虫子时不时地鸣叫几声,显得仲春的夜晚更加静谧。

借着夜幕的掩护,李人凤亲自带领一中队、二中队向白兔丘疾驰而去。

打先锋的一分队队长崔醒农,带领两名身手矫健的尖兵,来到王尚志司令部大门前,先将抱枪打瞌睡的哨兵解决掉,然后翻墙而入,打开了大门。李人凤指挥人员迅速将院子包围,随即就派人前去敲门。

“谁呀?半夜三更的。”睡梦中的王尚志因为憋屈,昨天晚上多喝了几杯,此时睡得正香,于是不耐烦地打着哈哈说:“警卫员,看看去!”

门一打开,当李人凤威风凛凛地出现在面前时,王尚志一个激灵,习惯性地把手伸到枕头底下。

“不许动,把手举起来!”还没等摸出枪来,王尚志的两名警卫员王凤阶、王德三一左一右用枪对准了他。

王尚志彻底懵了,哆哆嗦嗦地把手举过头顶,跟不认识一样疑惑地看着王凤阶:“凤阶,你?!”

“你什么你,你的罪孽早该清算了!”王凤阶说道。

看着王尚志狼狈的样子,李人凤极具讽刺意味地说:“王司令，你真是健忘，王凤阶本来就是三大队的人。”

原来，1937 年 10 月李人凤在西关小学拉起了队伍，作为李人凤的学生，王凤阶第一批报名加入了军训团，而且参加了矮槐树村伏击战。后来王尚志听说王凤阶不但人长得机灵，而且枪打得特别准，于是以游击区司令的名义，硬是从李人凤手中将他夺过来，做了自己的贴身警卫员。王凤阶就要离开自己的同学、离开军训团时，不舍地拉着李人凤的手，泪眼婆娑地说：“老师，我不愿意离开你！”李人凤小声嘱咐说：“放心去吧，见机行事，不会有事的。”

“我真是糊涂呀，竟然在身边埋了个定时炸弹！”当王尚志明白过来时，为时已晚。

王尚志没来得及反抗，便被李人凤生擒活捉。同时，吕乙亭率二中队也解除了王尚志司令部全部人员的武装。

至此，通过一次次的较量，最终三大队这支革命的抗日力量打败了游击区司令部的反动势力。

听说活捉了王尚志这个数年来混进抗日队伍中的武装流氓时，三大队官兵群情激昂，喊声震天，许多人主张除掉这个披着人皮的恶魔，杀一儆百，以绝后患。

“处决王尚志很简单，一个枪子儿的事儿，在押的齐柳亭、赵继尧、潘兰台，以及王尚志司令部八大处的处长李子廉、李允斋、王豫民等怎么办？”领导班子连夜召开会议，陈梅川第一个提出了这个尖锐的问题。

“现在是国共合作时期，”李曦晨从维护党的威信和团结以及抗日大局出发,指出,“如果现在将他们除掉,国民党当局一定会把破坏抗日的帽子扣到我们头上。所以,我建议还是不要处决为当。”

其实,从抓到王尚志的那一刻起,是杀是留,李人凤内心一直作着激烈的斗争。

王尚志的确可杀。从军训团成立之初,他就安排蓝衣社分子从中监视并捣乱。军训团经四处募集抗日捐款买来一挺马克沁重机枪,他们暗中指使一大队赵元顺带领手枪队,硬是从学生军手中抢走了。待军训团率先打响清河平原抗日第一枪,得到更多群众的拥护,他见扼杀不成,又要起阴谋,以“整合抗日资源壮大抗日力量”为由,将军训团改编为三大队,严格控制在其游击区司令部之下,多次进行分化瓦解。三大队迅速发展壮大后,他又秘密派其亲信再次混入三大队进行挑拨离间,蓄意暗杀,制造内乱,企图发动兵变,进而吃掉这支队伍。

然而,综合领导班子的意见,经过慎重思虑,李人凤最后决定将王尚志等人全部驱逐出临淄。

王尚志司令部的覆灭,无疑为三大队的发展和临淄人民的抗战活动铲除了一大障碍。然而,谁也没有想到,对王尚志等人的驱逐,竟为一年后的太河惨案埋下了祸根。

4

以王尚志为首的反共武装被铲除的消息,正如临淄大地的一缕春风,迅速吹遍清河平原。真心抗日的零散队伍和革命志士克服重重困难,通过各种渠道纷纷投奔三大队而来。

原胶济铁路防线驻防益都的护路警察有一支20多人的队伍,自从铁路被日军控制之后,他们便悄悄派安硕亭和寇芳田与李人凤取得了联系,有意加入三大队。结果他们在投奔途中经过辛店时,被陈瑞符强行扣留。虽说李人凤端掉了王尚志的司令部和特务大队,但以陈瑞符为首的二大队却一直保存自己的实力,盘踞在辛店一带。

无端被扣,遭到安硕亭等人的竭力反对,他们直接找陈瑞符理论,质问他为何扣人。陈瑞符无言以对,只得好言相劝,稳住队伍,而且重金收买了其中的顽固分子于延令,并将这支队伍编为一中队,让于延令担任中队长。

眼见自己周密的计划被陈瑞符破坏,安硕亭等表面服从二大队的收编和领导,暗中却让刘竹溪秘密与李人凤取得联系,表明自己的心迹。李人凤授意说:"不但你们不愿意参与陈瑞符的组织,就连他内部的许多人也看不惯陈瑞符假装抗日、阳奉阴违、欺压百姓。所以,你们要团结联络好这些人,说不定哪天就派上了用场。"

李人凤的一席话,让刘竹溪等吃了一颗定心丸。回去以后,他将联络情况向安硕亭和盘托出,并让大家暂且忍耐,等待逃出牢笼的最佳时机。

这一天,临淄国民党顽固势力头子、县长于治堂派人请陈瑞符到县衙赴宴。安硕亭见时机一到,急忙示意二大队密谋起事的曹瞻孔，二人以外出训练为名，绕过哨兵的盘问，分别带领各自的队伍，径直向郑家辛庄赶去。

部队一下多出50多人，李曦晨高兴得合不拢嘴，陈梅川也提议说，三大队应该扩充编制了。

他们的想法不谋而合。其实从安硕亭一开始联络归建，到中间被陈瑞符扣留，直到两支分队义举已成，李人凤一直在琢磨着这件事。

扩建大会在村西宽阔的打麦场举行。

陈梅川带队集合完毕，李人凤亲自上台宣读了命令：

> 根据三大队发展的需要，经研究，特增加六中队，任命曹瞻孔任中队长，安硕亭任指导员，胡金标任副队长。
>
> 此令！
>
> 大队长：李人凤
>
> 副大队长：陈梅川
>
> 政治处主任：杨涤生
>
> 1938年3月

5

一支军队要想能打仗，打胜仗，必须有灵魂，有血性。这个灵魂就是党的坚强领导，这个血性就是勇往直前，无坚不摧。

虽说到了清明时节，但四月的春夜还是有些凉意。

训练了一天的官兵早已熄灯休息，而大队部内却依然闪烁着一片光亮，一双身影一左一右地映照在窗棂上，知心的话说也说不完。

“你的入党申请党工委早已收到，你的抗日行动和主张在军训团成立之前组织就早有耳闻，这些年你也经受了时间和斗争的考验，只是侵略者和顽固派一直不给我们进行思想交流的机会。现在党的机构已经健全，队伍已经稳定，你是时候加入党组织了。”尽管杨涤生的话很轻，也没有什么大道理，但李人凤却倍感温暖，一股热流直冲眼眶。

“按照组织程序，入党介绍人需要两个。我算一个，另一个就请曦晨同志来吧！”杨涤生说道。

没等李人凤表态，多次经历国民党牢狱之灾的老党员李曦晨推门走了进来。

是呀，还有比李曦晨更了解李人凤的吗？从发动青年学生和进步教师起事，到“借枪”伏击日军先遣队，再到与王尚志等蓝衣社分子斗智斗勇，最终将其老巢端掉，李人凤的每一次行动都与党的方针方向合辙、合拍，党的每一项指示、命令他都严格遵守，对党的信念坚定不移，所有这些经历和考验难道还不够吗？

1938 年 4 月，一个风和日丽的春日，在齐国故都淄河沿岸一间简陋的小草房内,面对鲜艳的党旗,李人凤庄严地举起攥紧的右手。

两个月后，他的亲密战友和革命伴侣刘孟也成为一名光荣的共产党员。

随着李人凤良好夙愿的实现，创建这支队伍的主要领导人已全部加入党组织，条件成熟的各个中队也相继建立起党支部,每个支部由政治指导员任支部书记,分队设政治宣传员,先发展“民先”(“中华民族解放先锋队”简称)队员,继而吸收发展为党员。

有了党的坚强领导,各项政治工作也轰轰烈烈地开展起来,整个部队面貌焕然一新。

三、女杰

1

医院组建后，大量的伤病员被不断地送到这里。由于医疗条件差，医务人员缺乏，几个医生忙得团团转，有时候恨不得一个人当两个人用。

在医护人员中人们发现，有一名女军人特别显眼，她身穿灰军装，腰扎武装带，留一头齐耳短发，一张俏丽端庄的脸格外生动。只见他一会儿给伤员打针换药，一会儿记录伤员病情变化，一会儿又双手轻轻把重伤员扶坐起来嘘寒问暖，喂水喂饭，鼓励他们战胜伤痛，早日康复，重返前线。护理间隙，为了稳定伤病员的情绪，她还微笑着给大家讲革命形势，讲战斗故事。从早上一睁眼，到茫茫深夜，她像一只不知疲倦的陀螺，一刻不停地高速旋转着。后来人们得知她就是大队长李人凤的爱人刘孟时，便一个个伸出大拇指，伤员们战胜伤痛、战胜困难的勇气和决心更大了。其实，刘孟在来到三大队医院，真正走上革命道路之前，也曾经受了一段小小的波折。

卢沟桥的炮声，进一步唤起了中国人民强烈的民族情感，全国各地的抗日烽火纷纷燃起。

此时的刘孟已从四师毕业，被安排在益都师范附属小学任教。面对当时的国内形势，多数老师在观望一段时间后，带着“小职员无能为力”的悲观情绪陆续离校回乡。由于刘孟在四师时便参与了李人凤组织的多次革命活动，红色的种子早已在她火热的内心发芽，所以在民族危亡的紧急关头，她在心中暗暗发誓，革命青年不能回家坐待亡国，她要留下来寻找共产党领导的群众团体，以便参加抗日活动。

七七事变后的一个月，一封从济南发来的书信交到了她的手上。打开写有熟悉字体的信封，幼年时期的同学徐重煦的娇俏身影顿时浮现在她的脑海中。

徐重煦不但是刘孟的发小，也是要好的闺蜜，和她一样，从小有着远大的抱负和理想。然而，从来信中得知自己的好姐妹在济南寻找了一个多月，也没找到一个像样的抗日团体，于是决定回到故乡博山开展妇女活动，并邀请刘孟一同前去。

刘孟怀着一颗渴望献身革命的心，心中不免犯开了嘀咕，在国家生死存亡的危急关头，抗击日本侵略应当是首要的大事，单纯搞妇女活动似乎起不了多大的作用。

正当她在矛盾苦闷中纠结时，李人凤从临淄西关小学来信说：“现在情形紧迫，我决心组织抗日武装，坚持抗战，寸土必争。你是否愿意来和我们一起抗日？望尽早决定……”

收到此信后，刘孟的一腔热血开始上涌。最敬慕的爱人欲高举义旗保家卫国,哪有不参与不支持的道理。

第二天天刚蒙蒙亮,他就收拾起简单的行囊,义无反顾地返回临淄,来到李人凤的身边。

2

刘孟一步跨入西关小学的校门,迅速被一股特有的气氛所包围,只见校园内人们来往穿梭,热闹非凡。有的在喊着高亢的口号练刺杀,有的在用毛笔蘸着颜料在彩纸上写标语,有的在打快板,排短剧。更可爱的是,那些年龄小的同学除学习抗日知识、培养抗日精神外,还模拟扮演侦察兵,在打水枪等一些军事游戏中向“鬼子”射击。

这时她已明白,李人凤与陈梅川、崔栋生已经联络了不少进步教师和高年级学生,一支新的抗日武装力量即将诞生。

1937 年 10 月,共产党员李曦晨从济南出狱后回到故乡临淄,便与李人凤等一起肩负起组建临淄人民抗日武装的重任。受当时斗争形势所迫,李曦晨的党员身份是保密的,大家只是私下叫他“党代表”,后来组建临淄青年学生抗日志愿军训团,他也只是以普通一兵的身份作为掩护,暗中帮助和支持李人凤开展革命斗争。

刘孟来到这里后发现,整个学校常驻此地的女同志只有她一个人,因为七七事变后女教师都回了家。于是,李曦晨就对李人凤说:“鉴于目前的状况,暂时还是让刘孟做一些外围的联络

经受种种考验的李人凤与刘孟(李晓岩 提供)

和宣传鼓动工作为好。”随后,刘孟的老家皇城镇堐付村就成了秘密联络点，李人凤、陈梅川等经常在此聚会，研究发展抗日武装的计划和方略。而每当此时,刘孟和父母就自动担负起警戒和掩护的任务。

眼见李人凤组建抗日武装的决心坚如磐石，刘孟千方百计都要助他一臂之力。拉队伍首先就是拉人气,于是刘孟从身边的亲友开始,动员他们积极加入抗日组织。

他动员的第一个对象就是自己的舅舅刘长兴。

“你们搞抗日,建武装,从大的方面讲是民族大义,从小的方面讲是家族荣耀。你转告本厚,我明天就去他那里报到!”舅舅话语不多,却句句掷地有声。舅舅的支持也给刘孟的动员工作增强了信心。接着她又动员亲友寇鉴塘、寇兰生、寇悟先以及自己的学生王凤阶、任锡朋先后加入了抗日队伍。同乡同学也是最好的姐妹王月村主动与刘孟站在了一起。稚嫩的学生军有了一些成熟长辈的加入，筋骨立即强壮了不少。

做好宣传鼓动工作，为群众分析民族存亡的危急形势，宣传党的抗日民主主张，无疑是教育群众拥护党、拥护革命武装的有效途径。于是在临淄城，在堐付村、郑家辛庄、刘地官庄等地，刘孟积极发动和带领青年妇女以小快板、独幕剧和表演唱等形式进行演出，歌颂在党的领导下革命队伍取得的抗日战果，歌颂军民之间的鱼水情谊。通过这些耳熟能详的文艺形式，极大地激发了人民群众的抗战热情，提高了大家的抗战觉悟。

正当她沉浸在自己紧张快乐而又卓有成效的工作中时，突然有一天，三大队的通讯员告诉她，“王尚志司令部”已经被消灭，大队领导让她们立即回部队工作。

听到这一振奋人心的消息，王月村似乎比她还要高兴，两人连夜跑到郑家辛庄找到了部队。

根据工作需要，她们俩又被双双安排到刚成立的大队医院做护理工作。在刘孟的带动下，先后有车春英、高玉清、王玉萍、袁林等主动前来。

战争是残酷的。三大队作为临淄地区共产党领导和培植的一支最大的有生武装力量，不但要抗击日本帝国主义的侵略，而且还要与国民党顽固派、民团、土匪作斗争。虽说抗战初期经历的大的战斗不多，但局部冲突时常发生。只要有战斗就会有牺牲，就会有人负伤住院接受治疗。因此，有时候刘孟她们在做好护理工作的同时，还要耐心做好伤员家属的工作，科学疏导和缓解他们伤心、担心的情绪。

有一次,医生和其他医务人员都上了前线,留下刘孟守护一个病危的伤员。

这名伤员的伤势虽然很严重，但他感到自己因为保家卫国而负伤是光荣的、自豪的,因此在治疗过程中他能强忍剧痛,与医护人员全力配合，顽强与伤病作斗争。然而，由于医疗条件差,加上没有好的药品,他的病情不断恶化,但他表现得非常坚强。在短暂的人生旅途即将走到尽头的时候,他还艰难地睁一睁眼睛,努力挤出一丝笑容,向精心照料他的刘孟以及闻讯赶来的母亲吃力地点头。他其实是在安慰人们自己的意识还清醒,还能认识身边的亲人。然而,随着呼吸慢慢减弱,他的心脏最后停止了跳动。

烈士的母亲眼含悲痛的泪水，帮着刘孟将孩子生前用过的被子轻轻盖在他身上。刘孟善解人意地安慰她说:“想哭你就哭出来吧,这样会好受些！”听了刘孟的劝慰,这位母亲非但没有哭,反倒坚强地说:“孩子为了保家卫国而死,死得其所。只是这段日子里,你没日没夜地精心照料他,可辛苦你啦,我打心眼里感激你！”

3

随着部队的发展壮大、抗日官兵的浴血奋战,前线也不断传来胜利的好消息,加上刘孟、王月村等感人事迹和行动的影响,更多女同志自愿来到护理队伍中。在刘孟的记忆中，不到一个月时间，就先后有王玉萍、高玉清、张美修、高锦、车秀荣、袁葆芬、罗纫秋七位姐妹自发来到医院，甘愿为支持抗日奉献自己的青春年华。

到1938年夏，医院已经拥有外科、内科、保障服务科等几个完善的科室体系，大大缓解了医患比例严重失调的局面。

“总算可以喘一口气了！”巡查了一遍重伤员，安排好值班护士后，刘孟如释负重地对王月村说。

“是呀，这样我们就有时间能看看书、充充电了。长期不学习，人就会发呆，思维就会退化！”王月村颇有同感。

她俩正有说有笑地交流着，院里突然通知说要开全体人员会议，同时由大队政治处李曦晨主任为大家上政治课。

开会的场地因陋就简，设在医院东边相对宽敞的一块空地上。李曦晨代表大队领导对全体医护人员的辛勤付出表示慰问与感谢之后便进入了正题。

同志们：

前不久，我们在郑家辛庄为于景和同志举行了隆重的追悼大会。于景和同志牺牲于矮槐树村伏击战，是三大队为抗击日本侵略牺牲的第一位烈士。因此大队领导非常重视，专门扎了松门牌坊，社会各界送来了挽联，李人凤大队长心情沉痛地致悼词，上千名干部战士和群众前来哀悼，我们的医务人员也带着轻伤员参加了追悼会。可以说场面庄严、隆重、热烈，对于告慰烈士英灵、抚慰官兵情绪、激发群众的抗日热情起了重要的作用。

但是随着革命斗争形势的深入发展，日寇为了尽快实现侵华目的，行动更加猖狂，手段更加残暴，再加上国民党顽固派消极抗日、积极反共，破坏抗日的种种恶行，我们的抗日活动更加艰难。这就需要我们进一步加大宣传力度，放手发动群众，让更多的人认识到中华民族已经处在生死存亡的重要关头，也让群众看清谁是真正打鬼子的队伍。因此，我们必须进一步发挥宣传优势，壮大宣传队伍。从今天起，拟调刘孟、王月村到大队宣传科工作，同时组建宣传队，并任命刘孟为宣传队队长，王月村为指导员……

后面李曦晨还讲了一些什么，刘孟没有听进去，她只觉得大队的这个决定有些突然，因为来医院三个多月后，她已经适应了这里的环境，与医院特别是伤病员有了很深的感情。每当她护理的战士与她道别，重返前线，她总是恋恋不舍，觉得自己的工作充满了光荣感和神圣感。

当然，工作就是需要，命令就得服从。当她俩打起背包，提着脸盆洗具走出医院的时候，张禄斋院长带着全体医护人员以及能够走动的伤病员自发列队两旁，热烈欢送。王玉萍、袁葆芬等几个姐妹更是走上前来，搂住她俩，久久不愿松开。

简陋但温情的医院渐行渐远，刘孟眼里酸酸的，直到她再也看不到医院的身影，她那激动的心情才稍稍平复。

说起来，宣传科的工作主要是对指战员和人民群众进行宣传鼓动，但是真正做起来并做深做实却没有那么简单。

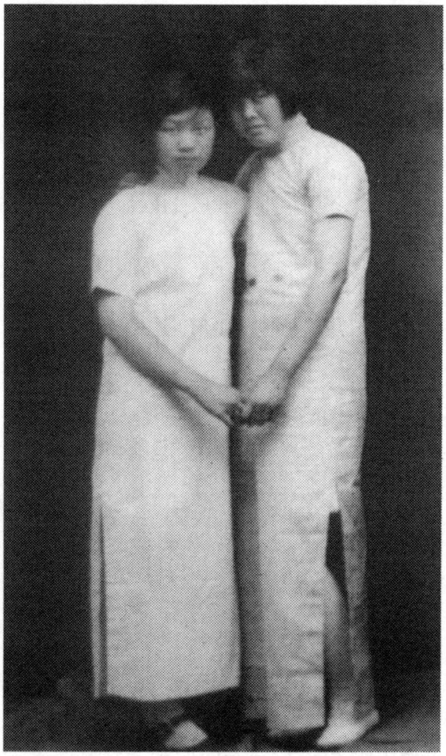

1934 年 5 月，刘孟(左)与王月村(后任中共山东省委委员、省妇联主席)在青州省立四师读书时的合影(李晓岩 提供)

1938 年春，日本侵略军采取南北对进的方针，夹击军事重镇徐州，妄图打通津浦路。

徐州地处苏、鲁、豫、皖四省交界处，自古便是北国锁钥、南国门户，京杭大运河从中穿过，陇海、京沪两大铁路干线在此交会，素有“五省通衢”之称。因此，华北日军主力不惜血本，奉命南下，志在必夺。

华北日军南下，对徐州形成包围之势，同时也造成冀鲁等平原地区日军兵力空虚，为已在山区站住脚的八路军向华北平原敌后地区发展提供了难得的机遇。

机遇稍纵即逝，战机更是分秒必争。

4 月 21 日，毛泽东、张闻天、刘少奇随即致电刘伯承、徐向前、邓小平，要求在河北、山东平原地区大规模开展游击战。

电报指出：“党与八路军部队应在河北、山东平原地区，坚决采取尽量扩大开展游击战争的方针，尽量发动最广大的群众走上公开的武装抗日斗争。根据这一方针，八路军应即在河北、山东平原划分若干游击分区，并在各区成立游击司令部，有计划、有系统地普遍开展游击战争，组织民众开展抗日斗争，镇压汉奸、保护民众利益，帮助部队筹措给养……”(引自2012年6月由中国文化出版社出版的《临淄文史资料》)。

刘孟和王月村到宣传科开展的第一项工作，就是组织指战员宣读解析中央电报精神，讲述各游击区创造性开展游击战、破袭战、麻雀战等做法，以达到启迪士兵、鼓舞士气的目的。而以女兵为主的宣传队则分几支小分队，分赴各分队、各连排，利用快板书、小合唱、讲故事等多种形式宣传政策，营造气氛。小分队所到之处，无不欢声雷动，场面热烈，随之整个部队的抗日热情也被充分调动起来。

“你们的宣传效果很好，这些宣传形式可以推广到群众中去，鼓动他们积极参军参战，支援前线。”刘孟和王月村正在筹划下一步的宣传方案，新任政治处主任杨涤升一步走了进来。

“多谢领导对我们工作成绩的肯定。”刘孟一边回答，一边将新的宣传方案递上来，“这是下一步我们走向农村，走向群众进行宣传鼓动的初步方案。想法还不成熟，还请领导指正。”

杨涤生接过方案，只扫了一眼，便放到她们用门板临时搭建的办公桌上，温和地说：“你们的计划我就不干涉了，只要效果好，就大胆去实施，可以不拘人员、不拘形式、不拘场所。”

杨主任的肯定和鼓励给了她们巨大的鼓舞，她们走向集市、走向村落、走向田野地头，以群众喜闻乐见的形式，用活生生的例子，揭露日寇的残暴，宣传党中央的抗日政策，鼓动群众团结起来抗日救国，号召大家有人的出人，有钱的出钱，有枪的出枪。

由军训团到三大队，李人凤等人奋力打鬼子的故事早已在鲁东地区广泛传颂，群众对这支真正打鬼子的队伍更是崇敬有加。因此，群众宣传工作进行得非常顺利，宣传队的魅力、女兵的风采也更多地吸引广大年轻妇女纷纷要求加入这支队伍。一时之间，王建新、李岩、于式贞、王凤文、王伟、孟昭桂、王民贞、王昌兮、李国元等一批知识女性也先后来到政治处工作。

从一开始清一色的男队员，到一批批女同志相继加入，不知不觉中大家发现，英勇善战的三大队悄然发生了变化，那就是干部战士少了粗话和鲁莽，多了细腻和温情。而刘孟还发现一个更大的变化：由于宣传队女同志与部队驻地妇女特别是那些妇女积极分子更紧密的联系，她们为部队的发展壮大做工作时更加自觉和忘我。

郑家辛庄有一位英雄的母亲，为了支持抗日，他把年幼的独生子郑喜年亲自送到了三大队。郑喜年谨遵母亲的嘱托和教诲，不畏艰险，英勇战斗，结果在一次战斗中腿部负伤，走起路来一瘸一拐，很不方便。大队领导便安排他到医院当了教导员，重点负责政治工作。不幸的是，在又一次残酷的战斗中壮烈牺牲。他的母亲在忍受失子之痛以后，找到经常与之联系的刘孟，坚决要求为部队服务，洗绷带、补军衣、烧火做饭、护理伤员，哪里需要她就出现在哪里，哪里艰苦和危险她就出现在哪里。久而久之，他的模范之举换来了指战员送给她的美名——英雄母亲,坚强妈妈!

随着部队的不断发展壮大,在工作实践中刘孟发现,人民子弟兵的家属队伍也相应扩大,这支大军与军队血肉相连的关系无疑是三大队抗击日寇的最可靠力量。

然而,那时因受各种条件的限制,军队上级对妇女工作并没有统一的标准和组织形式。

“没有固定模式,我们就创造自己的模式,没有固定的标准我们就来一个因地制宜,百花齐放。”刘孟的想法得到了王月村、杨涤生等人的充分肯定和支持。于是,刘孟便与姐妹们一起办起了妇女识字班。工作和农忙间隙,她们便将青年妇女组织起来学知识、学文化,揭露封建残余思想对妇女的毒害。短短三个月的时间,她们就为一大批不识字的妇女摘掉了文盲的帽子。同时,她还不定期召开妇女知识分子座谈会,动员她们发挥自己的聪明才智为抗日做贡献。

在刘孟的积极倡导和模范带动下,游击区的广大妇女成为支持和配合军队抗日的一支重要生力军。

有一次,李人凤在到基层检查工作时,幽默而不无赞赏地对刘孟说:“你发动的娘子军队伍所起的作用都赶上半个大队了!”

第四章 智勇斗士

国民党县长于治堂与土顽陈瑞符相互勾结，采取断供、“整编”等手段，打压并妄图侵吞抗日队伍。李人凤与他们斗智斗勇，彻底决裂，最终铲除了这一毒瘤，第一次解放临淄城。八路军山东人民抗日游击第三支队宣告成立，临淄三大队被整编为三支队十团。面对临淄日军头子柏森的偷袭，李人凤科学部署，奋起还击，既粉碎了敌人的阴谋，又壮大了队伍，赢得了群众的支持和拥护。

一、决裂

1

在李人凤带领临淄军民积极开展抗日斗争的同时，党员李云鹤与县大队副队长带领的十支队200多人一直活跃在临朐一带。然而，从1938年初开始，他们经常受到当地国民党顽固派徐林、徐振中等部的围攻和袭扰。为了保存这支革命队伍，根据中共鲁东工委的指示，他们长途奔袭80余公里，来到郑家辛庄与李人凤的队伍会合。至此，军训团从组建时的120人发展为一支1600余人的庞大的抗日力量。

然而，上级党组织却认为，队伍内部的干部战士来自不同地域、不同阶层，有青年学生、进步教师，也有从国民党队伍中过来的旧民团、旧警察，急需加强政治教育和军事训练，从而达到建设一支思想统一、政治坚定、整齐划一、训练有素、团结抗日的革命队伍的目的。

一直从事党建工作的政治部副主任李曦晨，在为党员干部上完党课后，径直来到李人凤的办公室："听说最近派往胶东任职的两位首长途经临淄。”

“怎么,你对首长还有什么想法？”李人凤诙谐地反问道。

“当然有想法了。”李曦晨正色道:“我是想能不能请两位首长小住几天,为党员干部上上课。”

“真是英雄所见略同。”李人凤听完李曦晨的计划也变得严肃起来:“这两位首长都是久经沙场、九死一生的老红军。高锦纯同志是调到五支队任司令员，王文同志是调往地方抓经济和政权建设的行政领导。这两天，我也琢磨着请两位首长给讲形势教育课的事。”

经过紧锣密鼓的筹划,李人凤走上讲台宣布由70多号干部与班长骨干组成的教育训练集训班正式开课，第一节时事政策课和抗日游击战术课由李曦晨主持。

当两位老红军面带微笑、轻轻挥舞着军帽缓缓走向讲台的时候,台下顿时响起热烈的掌声。

“同志们! ”高司令开场一句话,课堂立刻变得鸦雀无声。高锦纯继续讲道:“目前,抗日战争进入战略相持阶段。最近,毛泽东同志全面地分析了中日战争所处的时代背景，以及敌我双方的基本特点,发表了著名的《论持久战》和《抗日游击战争的战略问题》,全方位阐明了持久抗战的总方针和抗日游击战争的战略地位,以及人民战争的战略战术。对抗日战争的发展过程做出了科学的预测,既驳斥‘亡国论’,又反对‘速胜论’。可以说,这两篇文章是运用辩证唯物主义和历史唯物主义解决抗日战争问题的典范……”

"高司令,你讲的东西太深了,什么'科学''主义',我有点听不懂。你就直接说我们什么时候能把日本鬼子赶出中国去吧!"正当高锦纯讲到兴头上时,有一位从临朐刚过来的班长突然打断了他的思路。

"这位同志要有礼貌,有问题,等老革命讲完之后再提问。"面对突然出现的情况,李曦晨急忙起来制止。

"不要紧,有什么问题可以随时发言,随时提问。"这位从枪林弹雨中走过来的老红军对此并不介意,而是幽默而机智地回答说:"至于跟日本鬼子还要打多少年,毛主席在《论持久战》中有着科学的分析和预测。我这里只有一本书,可以借给你回去抄了仔细揣摩。据说连蒋委员长都把这本书当作抗日的宝典,每天都在学习研究呢。"

老红军语音刚落,台下一阵哄堂大笑,自发地鼓起掌来。顿时,课堂成了欢乐的海洋。

高锦纯同志讲完党课和时事政策课后,王文同志做了统一战线和群众工作的主旨报告,指出了当前开展这两项工作对于加强抗战工作的重要性。

为了强化教育训练的效果,集训班制定了严格的纪律和制度。每天要出早操,晚点名,进行内务整理;每天学习之后都要分班讨论,撰写学习体会,进行大会交流;每天下午军事训练科目完成前一个小时进行一次小测验。同时,各班、各分队都办起了黑板报、宣传栏,及时宣扬学习训练中的好人好事,全队上下出现了比学赶帮超的良好局面。

最让大家津津乐道的是，不知什么时候，集训队来了一位老学员。这位须发斑白、精神矍铄的花甲老人，他不但是位清末举人，而且还曾应聘去泰山做过爱国将领冯玉祥将军的经书讲师，他就是临淄县呈羔村的张雪门。

原来，在日寇占领泰安后，老人辗转到鲁中山区参加了抗日工作，这次本来是回乡探亲。而呈羔村到集训队地点白兔丘只有五里的路程。当他听说三大队在此举办抗日骨干培训班时，便不顾年迈和路远，特地赶来给学员们打气鼓劲。

“请老举人给我们讲两句！”

“讲两句！”

坐在课堂后排一角的老先生偶然被发现后，一位外向的学员首先喊了出来。他这一喊不要紧，其他学员也一齐呼应。

没想到在众人注目下，老人落落大方地走向讲台，声情并茂地说：“既然让我说，老朽我今天就说一句话，‘抗日救国，民族兴亡，希望就寄托在你们青年人身上’！”

老人讲完，出现了短暂的宁静，接着响起雷鸣般的掌声。

2

李人凤及其三大队的官兵发现，自从驱逐了王尚志之后，临淄的反动势力似乎没有再兴风作浪，至少没有再公开挑衅滋事。殊不知，有人在背地里正磨刀霍霍，目标就是日益壮大的三大队。

在李人凤与王尚志的斗争中，为了保存自己的实力，也更怕惹恼了抗日官兵和革命群众，临淄国民党顽固势力头子、县长于治堂与临淄实力派人物、二大队大队长陈瑞符暂时保持了中立。现在王尚志阵营已土崩瓦解，三大队共产党的旗帜却高高飘扬，猎猎作响。面对这种局势，他们两个再也坐不住了，一方面怕翅膀硬了的李人凤危及他们的地位，另一方面担心日益壮大起来的共产党"革了他们的命"。于是两人相互勾结，狼狈为奸，伺机联合对三大队下毒手。

王尚志司令部被端掉的第二天，于治堂像一只热锅上的蚂蚁，从县衙院内的东头走到西头，又从西头走回东头，内心五味杂陈。

"县长今天好悠闲！"正当此时，陈瑞符一步跨了进来。

"陈大队长，我这里正想邀你喝茶呢，你就来了，真是心有灵犀一点通呀。快请，快请！"于治堂满脸堆笑地将陈瑞符让到客厅。

"还喝茶呢，我看马上就让人家'醋溜'了！"陈瑞符情绪低沉地说。

"有那么严重吗？再说谁这么大的胆子，敢'醋溜'我们手握重兵的陈大队长，怎么说你也有 300 多人枪，再说不是还有我吗！"于治堂尽量掩饰自己的忧虑，故作镇静地说。

"于县长，不是我杞人忧天，王尚志的特务队不可谓不厉害吧，结果说端就给端掉了。我担心李人凤下一个目标就是我们。"陈瑞符夸张地做了一个手势。

两人说话间，一壶上好的龙井茶散发着诱人的清香，被端上了正堂的八仙桌。

于治堂示意陈瑞符喝口茶，非常体己地说："瑞符老弟呀，其实你不来，我也正要找你。现在李人凤是春风得意，上头有共产党给他撑腰，下面有群众支持拥护，再加上我们阵营的一些败类自甘堕落，明珠暗投，李人凤人马成倍增长，真是要风得风、要雨得雨啊。"

"于县长，你怎么净长别人志气，灭自己威风，这可不是老兄你的风格。"听完于治堂的话，陈瑞符有些不满地说。

"那你说还有什么好办法对付他们?！"于治堂两手一摊，无奈地说。

"办法吗，我倒是有一个，就看您愿不愿意采用！"陈瑞符说完颇有些得意。

"老弟快说，只要能除掉李人凤，什么办法我都敢用！"于治堂阴森森的双眼射出两道寒光。

"先断了他们的给养，给他点颜色看看，不怕他不来求你！"陈瑞符道出了一条阴计。

"对，我怎么就没想到这一招！"于治堂一拍大腿说。

第二天，当军需官报告县政府以经费短缺为由断供的消息时，李人凤并未感到惊讶，因为几年来自始至终划拨给三大队的供应，就少得可怜。

"于治堂卡脖子，我们怎么办？"当晚，李人凤以党组织的名义开了碰头会。

对于治堂非但不积极抗日反而对抗日队伍百般刁难的流氓行径,三大队的领导都义愤填膺,但又无可奈何。

“衙门老爷不支持,我们有群众拥护。我看可以向群众募集给养。”陈梅川首先表明了自己的想法。

“向群众募集给养,必须经过上级党组织的同意,在党的统一领导下有计划有组织地进行。”李曦晨的发言带有很强的原则性。

“你们两个说的都没有错。我们就以组织的名义成立一个抗日募捐动员委员会,动员人民群众为了抗日合理负担,主动募捐,有钱的出钱,有粮的出粮,有力的出力。”李人凤的意见得到与会同志一致赞同。

3

眨眼间给三大队断绝给养半个多月过去了,坐等李人凤上门求援的于治堂却没有见到对方的踪影,于是沉不住气地传唤陈瑞符上门问个究竟。

“真是怪事,这一招对他们不起作用!”陈瑞符还没进门,就开始大声嚷嚷起来。

“怎么会不起作用呢?难道他们喝西北风不成?”于治堂不相信,反问道。

“喝西北风?”陈瑞符有些气急败坏地说,“他们不但没有喝西北风，而且有饭吃，有汤喝，过得滋润着呢！”

“这话怎讲？”于治堂有些不相信。

“这帮人有的是点子。听说成立了个什么动员委员会，以抗日为名，蒙蔽群众募捐的给养恐怕比原来供应的要充足得多！”陈瑞符说完，于治堂这才醒悟过来。

“任其这样发展下去，迟早会对我们形成威胁。”陈瑞符接着说，“你是县长，得赶紧想个办法遏制他们，否则就来不及了！”

一开始听说三大队自筹给养，于治堂并没有感到有什么深意，倒觉得省下这部分资金除了用于政府机构的周转，还能为自己的家眷所享用。现在听陈瑞符这么添油加醋地一分析，他倒吸了一口冷气，真切感受到了事态的严重性。于是他在屋内来回踱着步子，挖空心思地想着主意。

“有了！”他突然一拍脑袋，说“我们办不了他，可以用省政府主席压他！”

“怎么压他？”陈瑞符疑惑道。

“你看我的就行。”于治堂说道，“传书记官！”

不一会儿，书记官气喘吁吁地来到他的面前，听候指令。

“我说你记！”于治堂一边踱着步子，一边口授道：

三大队：

奉省政府沈鸿烈主席之谕，为了加强对敌后抗日游击组织的管理，所有部队必须进行重新登记，经政府承认并统一调配，否则统统视为非法组织。

临淄县政府县长
于治堂
临淄游击区司令

1938年4月25日

通知送到三大队，交到政治部主任杨涤生手里。杨涤生径直找到李人凤说："大队长，这件事你怎么看？"

"四个字：不予理睬！"李人凤直截了当地说，"我们不理他，谅他也没咒念。"

通知送走三天，三大队根本没理这个茬。这下于治堂真的坐不住了，立即拨通了省政府办公厅的电话。

上午10时，李人凤正津津乐道地为官兵们讲游击战法，卫兵急呼呼地进来报告说，省政府特派员指名道姓要见他。

听到报告，李人凤非常反感，心想："于治堂又在耍什么鬼花招？"

想归想，反感归反感，钦差大臣来了总得要见见。李人凤便把课堂交给李曦晨，向临时设置而又简陋的会客室走去。

"李大队长真是越来越风光了，王某受省党部沈鸿烈主席委派特来拜访！"特派员王念根见李人凤走来，老远就伸出双手，故作谦逊地迎上前来。

"特派员是来替于县长兴师问罪的吧！"李人凤在路上早已想好了反击他们的对策，因此还没等对方反应过来，就来了个当头一棒。

见自己的阴谋被当场揭穿,陪在一旁的于治堂脸上白一块红一块地说:“看李大队长这话说的, 王特派员是专门来看你的。这不一下火车,县政府都没去,就风风火火地先到你这儿来了!”

“这么说,我的面子可真不小呀,竟然比县长还大!”李人凤一语双关,把王念根和于治堂憋得只能连连说“哪里,哪里”。

既然是串通一气,自然是如法炮制,王念根果然将“所有游击队伍必须统一登记”的“指示”传达下来。

“政府既然都给我们断供了,是不是表明三大队已经不属此列,我看这登记也没有什么必要了吧!”打蛇要打七寸,于治堂要阴谋,断给养,这下李人凤当面予以回击,可谓痛快淋漓。

王念根作为省政府大员还从来没有遇到如此的“大不敬”,他的脸涨得由白变红,又由红变紫,霍地站起来,气凶凶地甩手而去。

站在一边的于治堂自知理亏,跟在后面逃也似地灰溜溜走了。

一招过后又来一招,两招过后恼羞成怒。

回到县衙, 于治堂便摆了满满一桌佳肴, 将王念根奉为上宾,同时邀本地士绅名流前来作陪,一是给王念根找回在三大队失去的面子,接接风,压压惊,二是为自己“消消气”,三是请大家出点子拿主意,如何对付李人凤“这帮无法无天的家伙”。

“此人不除,后患无穷!”余怒未消的王念根呷了口酒,咬牙切齿地说。

王念根一说完，临淄地界头号大地主王子相迫不及待地说道："李人凤干校长的时候就领着学生操枪弄炮，实弹打靶，那时我就提醒县政府，李人凤要图谋不轨，发展到今天果然成了大患！"

王子相开了头，其他土豪劣绅七嘴八舌地数开了李人凤的"罪状"，什么上门要求捐钱捐粮啊，荷枪实弹敲山震虎啦等等。在他们嘴里，李人凤非但不算抗日英雄，俨然成了打家劫舍的"土匪"。

"难道就真的没咒念了？"听到这里，王念根看了一眼于治堂，又瞅了一下陈瑞符："我就不信没有办法治他，孙悟空七十二变，不是也没能逃出如来手的佛掌心么！"

"有了，有了！"酒气十足的陈瑞符又喝完一杯说道。

"有什么了，有好点子快说！"于治堂拉拢陈瑞符的目的本就是为己所用，但对他吃喝嫖赌、流里流气的土匪习气早已是忍无可忍。

"李人凤他，他破坏抗日！"陈瑞符话音一落，所有人的目光都一起聚向他。

"我有证据！"见自己的话语引起了大家的注意，陈瑞符得意地说，"还记得胶济铁路驻益都护路警察队的事吧，当时安硕亭和刘竹溪本来是来投奔我二大队的，而且我已将他们编为一中队，让于延令当了中队长。谁知后来他李人凤搞渗透，挖墙脚，不但将警察队的人拉走，还拐跑了我二大队的三十多人马。"

说到这里,陈瑞符故意停下来喝了一盅酒,提高嗓门说,“这不是破坏抗日是什么?!”

“对,对,就办他个破坏抗日罪!”王子相第一个站起来表示支持。

“第二条……”陈瑞符用手打断王子相的话语继续说,“王尚志虽说对抗日的事情不是那么热心,但他毕竟是国民政府正式任命的武装大员,毕竟也没投降跑到日军队伍中。结果,说端就给端掉了,并且被驱逐出境,他这不是破坏国共合作吗?”

“对,对,这一条罪证更严重!”

“既然证据确凿,现在就可以把他抓起来。”众人一起附和着嚷嚷起来。

看到现场情绪有些失控,于治堂故作沉稳地说道:“办,一定要办他,但不能硬办,那样肯定会背一个制造摩擦的罪名,再说他们人多,也难以降服。”

“对,应该想个万全之策。”王念根赞同道。

4

于治堂和陈瑞符借王念根之名狐假虎威讨了个没趣之后消停了几天,临淄地界似乎相安无事。

警卫班班长王凤阶对李人凤说:“于治堂他们变着法子想整你,没想到你见招拆招,我看他们现在是黔驴技穷,没什么咒念了!”

“我们不能乐观得太早了！”李人凤从数年来与他们周旋智斗的经验出发，一针见血地说道，“几天没动静，说不定他们又在琢磨什么更阴险的招数呢！”

果然不出所料。第二天，一封落款司令部的邀请函送到李人凤手中。他只掠到“赴宴”二字，来人便欲打马返回。

“等等！”李人凤及时喊住来人说，“于司令邀请的都是哪些人？”

来人勒马回首道：“于司令只请您和二大队陈大队长会晤，主要想调节你俩之间的矛盾，团结一致，共同抗日。”

望着马奔之后扬起的尘土，李曦晨走过来说：“于治堂这是要摆‘鸿门宴’呀！”

“就是‘鸿门宴’也得去！”李人凤镇定地说，“如果我们不去，就好像真的是我们理亏不敢上门，在政治上就处

古朴苍劲的柴家疃村碑(李晓岩　提供)

于被动局面。”

“如果按时赴约,一定会有危险!”李曦晨说。

对于这场非赴不可的宴会,三大队专门召开了会议。经研究决定,先派一中队悄悄进驻会晤地点柴家疃以北的村内隐蔽待命,以防不测。届时,李人凤带20名精干骑兵,每人配短枪两支护卫左右。这样一明一暗,遥相呼应,以防不测。

从郑家辛庄到柴家疃十几公里的路程,李人凤带骑兵小分队策马快行,不到半个时辰便到了。此时,只见于治堂早已笑容可掬地迎出百米之遥,极其亲热地握住李人凤的手一同进入。他的骑兵却被警卫挡在院外。

“人凤老弟请理解!”于治堂赶忙解释说,“您和瑞符本来就有些误会,所以我就安排你们每人只带两名警卫员入内,对大家都有好处。”

“既然如此,悉听尊便。”李人凤昂首挺胸地向前走去,王凤阶、寇芳田两名神枪警卫杏眼圆睁,一左一右,紧随其后。

进入院落,陈瑞符讨好似地迎向李人凤说:“兄弟早已恭候多时,人凤兄请!”

“请!”大家一起落座,开始进行谈判。

陈瑞符带的警卫员名叫徐东洛,是出过临淄第一个武状元徐华清的徐家圈人。他很早就接受了进步思想,对日寇的入侵更是深恶痛绝,对李人凤的英明果敢也早有耳闻。今日眼见自己仰慕已久的英雄面临危险,便趁他们谈判之际,十分谨慎地走到王凤阶跟前说:“今天谈判不会有好结果,弄不好非动刀动枪不可！”

王凤阶说：“你看怎么办？”

徐东洛贴近他耳边说：“三十六计，走为上计！”

2007 年李人凤二子李克进（左）来到柴家疃，一位九旬老人（右）激动地说：“当时陈瑞符在俺村小学校里想害死李人凤，多亏俺村的王凤阶保着大队长跑了！”（李晓岩 提供）

王凤阶会意，立刻出院对骑兵分队做了安排，然后不露声色地来到李人凤身边，说：“大队长，你的马瘸了！”

听闻此言，李人凤立马站起来喃喃地说：“来的时候还好好的，怎么突然就瘸了呢！”

原来这是他们事先约定的暗号，只要说出，就说明他们已经处在了十分危险的地步。

“走,先去看看马腿去!”李人凤不容他人反应,便强拉着于治堂和陈瑞符走出院内。

李人凤一出门,王凤阶已经把马牵到他的身边,只见他甩开左右,接过缰绳,翻身上马,扬尘而去。等于治堂和陈瑞符如梦初醒,早已看不见李人凤的踪影了。

5

眼见精心布下的口袋被李人凤撕开了一个洞,金蝉脱壳,于治堂捶胸顿足,懊恼不已。

此时的陈瑞符酒却醒了一大半,他恶狠狠地对于治堂说:“谅他能跑出这个院子,也跑不出我精心设置的圈子。”

“怎么,你还留了一手?”于治堂突然间对陈瑞符刮目相看。

一刻钟之后,一名士兵滚鞍下马至陈瑞符面前,上气不接下气地说:“报——报告,跑——跑了!”

“急什么急?有话慢慢说。”见自己的兵如此熊样,陈瑞符的火一下冲了上来,“到底是谁跑了?”

“李人凤,李人凤他——跑了!”士兵哆哆嗦嗦地回答道。

“完了,完了!”听完汇报,陈瑞符一屁股坐在地上,现出了原形。

“既然设好了伏击圈,怎么还让他跑了呢?!”于治堂走上前来质问道。

“他是从另一条道逃走的。马的速度很快,我们根本就来不及追击。”

于治堂、陈瑞符的险恶阴谋通过这次谋杀彻底暴露，他们与三大队表面联合、背后插刀的真面目被揭穿。从此，双方的矛盾斗争尖锐化了。

随着于治堂之流阴谋倾覆三大队活动的一次次破产，这支坚强的抗日队伍在逆境中日益成熟起来。

1938 年 4 月，驻山东日军发起了新的攻势，日军第五师团遭到中国军队沉重打击以后，稍经补充调整，便以步兵第九旅团为骨干组成国崎支队，从临沂西北的义堂地区向南推进；第十师团也分成三路纵队，分别从薛城、峄县、向城之间 60 公里的正面向南推进，对中国守军进行牵制性进攻；第十六师团的草场支队担任第十师团的预备队，片桐支队担任第五师团的预备队。尽管日军气势汹汹，相互照应，交替“扫荡”，但他们每前进一步，都受到中国军队的沉重打击，进攻也开始变得迟缓起来。

为了牵制日军对正面抗日部队的进攻，按照党的指示，李人凤率领三大队活跃在胶济铁路辛店到青州段开展破袭战。他们经常组织小股部队轮番挖路基、卸铁轨、锯电杆、割电线，并将卸下来的铁轨小件、螺丝、电线运回驻地，改装成武器装备，加强抗日武装。

三大队频繁隐蔽的铁路破袭活动，使日军胆战心惊。从此以后，他们夜间再也不敢行车，即使白天第一趟车开动，也必须安排押路车前面开路，探明是否可以前行。

有一次，得到日军有一批重要装备物资要运输经过的情报，李人凤亲率五个中队进行大规模破袭。攻占淄河车站后，迅速破坏铁路长达十余里。得到淄河车站逃跑之敌报告后，青州日军立即派兵增援。李人凤急忙组织官兵迎敌，并在辛庄、桃园一带激战数小时。

在三大队强大火力的攻击下，增援之敌且战且退，最后退守辛庄据点予以反击，战斗进入相持状态。

辛庄据点位于辛店到青州胶济铁路段北段，西瞰临淄，东控青州，既可保护日军此段铁路运输的安全，又可监控两地抗日组织的一举一动，战略位置十分重要。

“不惜一切代价也要把这颗钉子拔掉！”李人凤下达了铁令之后，率军向前猛攻。双方炮火密集交织，枪弹射击溅起的烟火土雾遮天蔽日，数米开外不辨人马。

“大队长，鬼子……”随着三大队战士房冠英一声呼喊，从背后包抄上来的一名鬼子举枪向李人凤瞄准。房冠英一边喊一边瞄向鬼子射击，这名鬼子被当场击毙，李人凤的左臂却被击中，鲜血顺着袖筒流了下来。在激烈的战斗中，只见他迅速从衬衣上撕下一块布条，随手一扎，继续指挥战斗。后来因流血过多，他眼前一阵恍惚，晕了过去，被一名战士从战场上背了下来。

战斗结束后，李人凤找到房冠英，感激地说：“要不是你及时发现，将小鬼子一枪击毙，我的命可能就留在辛庄了。”房冠英憨憨地笑了笑说：“大队长过奖了。我们家是猎户世家，我打兔子时都是先把兔子从田野中轰起来,等它们逃跑时,在运动中射击。枪法就是这样练出来的。”

李人凤拍了拍他的肩膀幽默地说:“以后别打兔子了,省下子弹多消灭几个鬼子!”

“是,大队长!”房冠英兴奋而响亮地回答。

二、拔毒

1

三大队对铁路设施的持续破坏，使日军武器和物资供应受到严重影响，有效地迟滞了敌人的军事行动。沿线群众的生产生活得到快速恢复，青年学生积极参军参战，社会民众自发组织，拥军支前，官兵杀敌热情日益高涨。

然而，有一天，李人凤突然接到中共益都县委的急件密信，主要内容是请三大队帮助清理十支队革命队伍中的叛变分子。

为了有效抗击日寇侵略，1938 年初中共鲁东工委先后建立起四个支队，其中七支队在昌邑、潍县一带，八支队在寿光，九支队在广饶，十支队在益都、临朐交界处。

十支队的创始人刘斗辰，原系国民政府临朐县蒋峪区区中队中队长。1937 年冬，中共临朐地方组织在冶源、辛寨、杨善一带宣传党的抗日救国主张，建立了抗日民众组织“互济会”，先后发展青壮年会员 100 余人，收集步枪十余支。刘斗辰作为爱国爱家的热血青年，毅然与“互济会”会合，共同组织建立了抗日武装。

1938年春，日军侵入临朐，刘斗辰率所部30余人参加了共产党在夏家台子组织的抗日武装起义，成立人民抗敌自卫军。3月5日，在益都县龙泉镇朱鹿村与益都的抗日武装会合。在鲁东工委的主持下，宣布成立八路军鲁东抗日游击第十支队（出于行文方便，有时亦简称“十支队”）。李云鹤为司令员，刘斗辰为副司令员，胡维鲁任党代表，吴祝存任政治部主任，王范之任参谋长，队伍浩浩荡荡，共200余人。

这支部队建立后，发挥了一支新的武装力量应有的作用。他们经过短期集训，迅速渡过弥河，在益都县七区、八区一带大搞生产建设，组建地方武装，袭击日伪据点，破坏日伪交通，积极开展游击战争，沉重打击了敌人的嚣张气焰。5月初，他们又成功完成了对胶济铁路的破袭任务。

然而，就在官兵们士气高昂地进驻益寿边界的口埠村时，夜间突遭寿光张景月部之孟祝三部袭击，益都侯耀亭部也趁火打劫，不断进行袭扰。在与多支国民党顽匪进行斗争的关键时刻，十支队参谋长王范之非但不指挥官兵予以抵抗和反击，反而趁机调转枪口，阴谋策划将部队拉回临朐，脱离党的领导，妄图做个打家劫舍的山大王。

军情十万火急，抗日队伍不容分裂，抗日烽火不容熄灭。

接到密件，李人凤亲率一部兵力快马加鞭直扑十支队所在地益都县张家庄。一方面，分兵回击侯耀亭部的袭扰，另一方面征求中共益都县委意见，依计派吕乙亭、岳拙园以兄弟部队交流互访的名义，通过刘斗辰接近王范之。

来到驻地设法见到王范之后，吕乙亭单刀直入，抱拳说道："我乃三支队中队长吕乙亭，今来贵部特地拜见神枪手王司令。"

见来人谦虚真诚，而且喊自己"王司令"，颇有逢迎之词，又加之刘斗辰陪同，王范之并未多疑，只是有些傲慢地抱起双拳算是回礼。

通过试探，吕乙亭感觉对方并无戒备，便进一步微笑着"奉承"道："听说王司令的枪法百发百中，不知用的什么牌子的枪？"

受到对方的奉承，王范之有些飘飘然。只见他"嗖"地一下拔出枪来，顺势甩给吕乙亭说："什么牌子自己看！"

吕乙亭接过枪在手里掂了掂，讽刺地说："枪是好枪，可惜跟错了人！"

"你说什么？"听到这句话，王范之立即警觉起来，下意识地去摸另一支枪。

李人凤厉声喝道："王范之，你被捕了！"王凤阶随即利落地下了他的枪。

自命武艺高强、尚在做着上山为王美梦的王范之，就这样在李人凤的精心设计下束手就擒。

由于破坏党的团结，分裂革命队伍，大敌当前，叛变革命，性质恶劣，李人凤将王范之交中共益都县委处置，不久王被宣布"判处死刑，立即执行"，跟随他的几个铁杆分子也分别受到了严厉的惩罚。

清叛行动结束后，为了巩固胜利成果，挽救革命队伍，中共清河特委决定，将十支队并入三大队，编为第七中队，原中共益都县委书记、十支队司令员李云鹤调中共清河特委任统战部长，副司令刘斗辰任三大队副大队长，原中队领导杜吉甫、李孟勃分别担任七中队队长和指导员。

十支队事件的快速处理和十支队的整编，对张景月部和侯耀亭部产生了极大的震慑，短时期内他们再也不敢打八路军的坏主意了。同时，李人凤的威名也在清河地区广泛传扬。

李人凤一次又一次的英雄壮举为抗日军民注入了强大的精神动力。清河各地建组织、拉队伍，抗击日本侵略的行动风起云涌。

受本村抗战英雄李人凤的影响，南卧石村小学教员李海帆振臂一挥，也拉起一支队伍，并及时同李人凤取得了联系，不久被编入三大队，称为第八中队。

此时三大队已经拥有了八个步兵中队、一个炮兵中队和一个特务中队，共计十个中队，成为清河平原一支十分重要的抗日力量。

2

1937年10月，面对日军的疯狂进攻，在中共山东省委书记黎玉的领导下，各地党组织广泛发动群众，举行抗日武装起义。

从1937年11月至1938年3月,在短短不到半年的时间,山东先后有鲁北、鲁西北、胶东、鲁东、泰西等十几个地区爆发了武装起义。后来,这些起义部队组成八路军山东纵队,该纵队与八路军一一五师主力共同创立了东临黄海、渤海,北达天津,南接陇海路,西到津浦路,包括山东大部、河北、江苏一部分在内的地域广阔的抗日根据地。

然而,由于各个部队采用的番号多为因地而起,名称很不统一,党中央、毛主席和中共中央北方局书记刘少奇给中共山东省委发来电报,作出指示:“山东基干武装应组建支队,恢复和使用八路军游击队的番号。”不久,毛主席特地对山东第二次做出指示:“凡属我党领导的武装,以用八路军名义为宜,否则,各地国民党均将控制。”

1938年6月,根据党中央和毛主席的指示精神以及中共山东省委的决定,以黑铁山起义部队山东人民抗日救国军第五军(以下简称“五军”)为骨干,将党领导的清河区一带的抗日武装,统一改编为“八路军山东人民抗日游击第三支队”(后改称“八路军山东纵队第三支队。出于行文方便,有时简称“三支队”)。

在支队长会议上,杨国夫受上级委托,首先宣布了整编决定。

“八路军也受国民政府领导,为什么要用八路军的番号?况且八路军的防地在陕西,在山东用八路军的番号,可以说是孤军奋战,得不到及时的接济,当地又得不到可靠的供应,还请诸位慎重考虑。”杨国夫话音刚落,原五军四支队队长张景南就立刻跳出来表示反对。

“八路军是国民政府给的番号，但它是由共产党领导的，在政治上、组织上、思想上是独立自主的，它和国民党的军队有着本质的不同。”杨国夫立刻反驳说，“中共中央及八路军总部虽在陕北，但现在国共合作，全面抗战，八路军有义务也有权利开赴抗日前线。八路军深得民心，所到之处，老百姓人人欢迎，怎么能说是‘孤军’呢？国民政府设在南京，莫非‘国军’的防地也只限于南京城吗？况且，在日寇大军压境的时候，共产党领导的军队深入敌后，收复为‘国军’所丢失的国土，这不正符合民族利益和‘国共合作’吗？”

多次与李人凤并肩战斗的杨国夫(右)(李晓岩 提供)

杨国夫一席话，说得张景南哑口无言。

杨国夫刚说完，原三支队队长高竹君立刻站起来说：“五军是地方起义部队，有很大的地方性，既要维持地方治安，又有守土抗战之责,接受八路军的整编就要听八路军总部的调遣,离开本乡本土,恐怕弟兄们不会接受。再说,离开当地的供应,局面是很难维持的。”接着他又咄咄逼人地质问杨国夫:“不知你杨副司令带来了多少军饷?”

杨国夫笑了笑,针锋相对地说道:“眼下华北沦陷,山东沦陷,这里正是抗日的前方,在山东的侵华日寇未被消灭之前,八路军总部是不会调遣各位离开本乡本土的。倒是有人曾下令长山中学师生南迁逃亡,只是大家没有接受,却在本乡本土拉起了队伍抗日。至于说到军饷,我粮没有带来一粒,钱没有带来一文,可是我带来了共产党坚决抗战的政策、决心和信心,这比国民党的军饷要强一万倍。试问:国民党有钱有粮,为什么在日寇长驱直入之时,几十万大军不战而逃?”

听完杨国夫有理有据的一阵揭批,高竹君再也无话可说,只好干笑了一下,坐回了原位。

与高竹君穿一条裤子的张景南又想起来反驳,立刻被马耀南的话压了下去:“我完全拥护省委关于将五军整编为八路军的决定,这是共产党对我们五军的信任和关怀,也正是五军的前程希望之所在。”

继马耀南表态之后,一支队队长马天民、二支队队长马汉三、七支队队长马晓云等都纷纷表示赞成。在这种高压态势下,高竹君和张景南也只得放下私心和偏见,勉强表示同意。

整编方案在支队长会议上通过之后,为了更好地统一思想,稳定部队,又召开了中队长会议。谁知此时,嗅觉灵敏的国民政府山东省主席沈鸿烈派来两个人要参加会议。

虽然还不知道他们两人此行的目的,但肯定与整编有关。因此,杨国夫专门安排对他们热情接待,但必须等整编计划宣布完毕以后再让他们进会场。

果然不出杨国夫所料,进入会场之后,一人发表了一通“不能整编为八路军”的谬论,另一人极尽拉拢腐蚀之能事,假意传达沈主席保持国民党编制可以加官晋爵的许愿,妄图拉拢人心,破坏整编。

“目前国共合作,共赴国难,八路军是合法的抗日队伍,五军改编为八路军,得民心,顺民意。二位既是省政府委派,莫非你们的上司也把八路军视为异军吗?”杨国夫当场一顿驳斥,二人张口结舌,无言以对。

经过一番激烈斗争,1938 年 6 月 16 日,八路军山东人民抗日游击第三支队宣告成立,马耀南任司令员,姚仲明任政委(姚仲明调四支队后,由霍士廉接任),杨国夫任副司令员,鲍辉任政治部主任,郑兴任参谋长。三支队下辖七团、八团、九团和一个特务团,七团团长马晓云,政治处主任樊语乡;八团团长程绪润,政委陈兴;九团由杨国夫兼任团长;特务团团长潘建军。

是雄鹰必然翱翔于苍穹之上,是燕雀只能低飞在檐间地头。

整编大会结束不久,高竹君和张景南果然背叛革命阵营,带着两个中队叛逃。而高竹君的原五军三支队副支队长徐次昌和张兴源,由于早就看清了高竹君的嘴脸,选择了革命道路。他们毅然带领剩下的两个中队接受八路军改编,编为九团一营,徐次昌任营长,张兴源任政治教导员。张景南的原五军四支队副支队长魏焕文带领两个中队接受改编，编为九团二营，魏焕文任营长。由于兵力所限,九团就只编了这两个营。

在五军整编之后,临淄三大队作为鲁东最活跃的抗日力量,其整编也被提上重要日程。

7 月 7 日,三支队副司令员杨国夫来到临淄寇家庄,在中医寇衍庆家西侧树林里召开整编大会，宣布将三大队正式改编为三支队十团,任命李人凤为团长,刘斗辰为副团长,李曦晨为政治处主任。

整编后的十团下辖三个营,十一个连,共计 1800 余人,王翰西为一营营长,吴祝存为教导员;陈梅川为二营营长,崔栋生为教导员;李墨轩为三营营长,赵子谦为教导员。每营三个连,另

十团整编地点临淄区敬仲镇大寇家庄

设一个特务连和一个炮兵连，特务连连长王立庠，炮兵连连长訾梅村。炮兵连除了拥有生铁老炮以外，还用土法造了一门迫击炮。同时，临淄四区武装被编为三支队特务团二营。到1938年下半年，临淄境内除国民党顽固派陈瑞符部300人独守孤城之外，城外广大地区全部回到了人民手中。

整编大会之后，十团指挥部就设在了寇衍庆的诊所，他的家也成了八路军的接待站。寇衍庆还主动承担了部队的医疗救护工作和负责主要领导的食宿。

原来寇衍庆是李人凤的姐夫，妻弟多年的革命行动和抗日义举对他产生了潜移默化的影响。

读过私塾的寇衍庆一开始抱着“悬壶济世”的信念自学了西医，掌握了一般外科手术的基本要领，而且考取了医师资格。学业有成后，回到临淄敬仲镇寇家村开设了“育春堂”诊所和一个小中医铺。随着行医阅历的增长与医术的精进，寇衍庆在当地的名声越来越大。同时，他为人厚道，扶贫济弱，再加上医德高尚，因此向为乡邻所敬重。

后来，寇衍庆的原配张氏因病去世，他便经人介绍迎娶了南卧石村的李氏为妻，这李氏便是李人凤的姐姐。随着与妻弟李人凤的交往，寇衍庆的思想认识发生了根本变化，他从乐善好施、扶危济困的进步乡绅，逐步转变为忧国忧民、抗日救国的革命斗士。李人凤拉起革命队伍后，他不但在舆论上给予拥护，还从家中拿出大部分积蓄支持队伍建设，他的家和诊所也成了十团秘密开展工作的重要场所。在他的影响教育下，他的三个儿子芳田、芝田、良田及长外孙孙继文先后参加了抗日武装，在革命斗争中，他和两个儿子先后为革命献出了宝贵的生命，至今临淄地区还广泛流传着他们“一门三烈士”的英雄故事。

寇衍庆一家对抗日武装的全力支持，得到三支队首长及广大八路军指战员的高度称赞，也遭到了反动势力的极端仇视。敌人扬言要灭了寇衍庆全家，不断对其家人进行追捕，也曾利用大规模“扫荡”，将寇衍庆的诊所和部分宅院焚毁。

在一家人颠沛流离、四处逃难的过程中，寇衍庆了解到日伪军调集大批兵力疯狂围剿清河抗日根据地，战斗异常惨烈，伤病员不断增加。为此，他不顾年事已高，毅然离家北上，履行军医职责。他不仅治愈了无数伤病员和革命群众，而且还从死神的手中夺回了数十名抗日战士宝贵的生命。

1942年冬，寇衍庆的妻子因过度操劳得了重病。已成八路军名医的他经组织批准，深夜秘密回家探视，不幸被敌伪汉奸发现并被逮捕。

鉴于他与李人凤之间的特殊身份，敌人迅速将他押解到张店的日本宪兵队。日军如获至宝，立即把他关进监狱，威逼利诱，妄图通过他抓到李人凤。然而，对党无比忠诚、对妻弟崇拜有加的寇衍庆，即使被敌人打得遍体鳞伤、奄奄一息，也没有屈服。几个月后，寇衍庆就义于张店日本宪兵监狱。

3

经过整编，身穿灰布军装、臂挂“八路军”徽章的十团官兵，怀着抗战必胜的信心和决心，迈着雄健的步伐，扬眉吐气地活跃在鲁东地区，震慑着这一带的日寇和苟延残喘的国民党顽固派分子。

正当此时，驻守邹平的三支队却面临一场严重的危机。

国民党高竹君、张景南部蠢蠢欲动，图谋包围三支队司令部，妄图绞杀这支刚刚整编的抗日力量。

为了做好反击准备，按照杨国夫副司令员的指示，李人凤立即将四连、特务二连合编为一个营，由许云轩任营长，陈兴兼营政委，星夜赶往邹平增援。司令部解围后，该营配合兄弟部队进攻济南，一举攻克王舍人庄的敌据点，大胜而归。

十团归建后，盘踞在临淄城的陈瑞符感到末日临头，整日提心吊胆，惶惶不安。他一手拿着钢枪随时准备抵抗从天而降的八路军，一手提着烟枪麻木高度紧张的神经。特别是在十团成功为邹平三支队解围之后，陈瑞符愈发眼热心跳，狗急跳墙。于是，7月底，他主动勾结博兴顽军周胜芳部，由北而南向十团逼近，企图占领大夫店、苇子河一带根据地。然而，让陈瑞符没有想到的是，周胜芳部刚进入临淄地界的桐林村，便感到被一股冷飕飕的杀气包围。这时，潜伏在周部的地下党员陈竹村密派相伟与十团联络，当晚将一部分部队直接拉到十团驻地，对周胜芳形成包围之势。周不想成为瓮中之鳖,便从李人凤故意为其留下的口子中钻出去,灰溜溜地缩回博兴去了。

见约定的时间已到,却未能看到周胜芳的一兵一卒,陈瑞符感到事态不妙,只好打马缩回临淄城,靠城墙工事赖以残守,不敢迈出城门一步。

为了尽快扫清抗日前进道路上的障碍,三支队当机立断,决定借此机会拔掉陈瑞符这颗钉子。

根据三支队一举攻克临淄城的命令,1938 年 8 月 1 日晨,十团官兵将临淄城围了个水泄不通。

在支队领导看来，消灭陈瑞符就意味着铲除了国民党顽固派在临淄赖以生存和发展的土壤，更是消除了临淄人民专心抗日的一个重大隐患。因此,杨国夫副司令员亲临战场督战,李人凤亲自指挥。

“这场仗到底怎么打？我想听听大家的意见。”在战前会议上,李人凤作了简短的开场白。

“就我们目前的人员、装备和综合实力,攻打陈瑞符部应该不成问题。但我们要防备辛店、益都和张店的日军支援,因为陈瑞符作为铁杆汉奸,平日多与他们暗中勾结。”李曦晨首先谈了日军可能对其解救的顾忌。

“我认为,除了预防日军的支援,还要对临淄周边张景月、李寰秋、周胜芳等几股土顽有所戒备。我们清剿陈瑞符,他们不一定不出手相救。”陈梅川也说出了自己的观点。

“机不可失,别再犹豫了,赶快打吧,我营官兵都写了请战书，我营愿意担任主攻营！”一营营长王翰西急不可耐地亮明了自己的态度。

1938年8月，李人凤率十团攻破临淄城。图为当时的临淄县衙（李晓岩 提供）

三人发言之后，见其他人再无意见，李人凤把目光投向杨国夫，说道：“请司令员作指示！”

“大家刚才对战局的分析都很有见地，这些问题，支队领导早已考虑并做了部署。不管是外围的日军，还是附近的土顽，都由其他部队进行防御。你们十团的任务只有一个，那就是攻克临淄城，活捉陈瑞符。”杨国夫副司令的讲话让大家松了一口气，吃了定心丸。

李人凤随即下达了命令：“一营从西面担任主攻，二营、三营

奋勇攻占临淄城时的十团指战员(李晓岩 提供)

分别在北面和南面担任助攻。开始行动!”

战斗打响后,在十团强大的火力攻势下,陈瑞符部依靠坚固的工事负隅顽抗,十团数日之内未能突破城垣。李人凤见状,急忙召十团领导干部出谋划策,以求破城之策。

就在此时,陈瑞符部的分队长、爱国青年商孝先秘密派其长兄出城与李人凤取得联系,表示愿意作为内应,里应外合,歼灭顽匪,同时留下了联络暗号。

战机难得。李人凤当即做出决定,由二营在正面连续实施佯攻,引开敌人的注意力。同时,从一营二连抽调 30 人组成突击队,由一排排长孙干卿任突击队队长,从临淄城西北角的一个炮台进入,与商孝先事先安排的小分队会合,率先攻入城内。

突击队出击后,以迅雷不及掩耳之势击毙守敌分队长张华堂,并迅速夺取北门,打开了城门,后续部队得以顺利进城,高亢的喊杀声一浪高过一浪。见主力部队成功入城,突击队旋即又顺着大街向南进攻,占领北大营。这时,在杨国夫、霍士廉全盘指挥下,其他兄弟部队相继攻入城内,将顽军团团包围在旧县衙附近。大势已去的顽军彻底失去斗志,为了活命,乖乖地举手投降,陈瑞符当场被俘。至此,经过五天的奋战,解放临淄城的战斗取得了彻底胜利。

三、虎威

1

对国民党顽固派的顺利清除，使临淄城成为当时清河区唯一个没有国民党武装的县。

陈瑞符部被消灭之后，三支队又乘机扩大战果，接着拿下了王家桥等地，从而有效控制了临淄、邹平、长山等县大部及桓台南部。同时，七支队、八支队进军胶东，开创胶东抗日根据地，与清河平原上的三支队遥相呼应。

清除了陈瑞符，在给国民党顽固派以沉重打击的同时，也让活动在清河区域的日军少了一只眼睛和胳膊。为了保护胶济铁路的安全，一个月后日军不惜调集重兵占领了临淄城。

在日军的强大攻势下，李人凤为了保存实力，组织部队分头突围，所以并未造成大的人员伤亡。

撤出临淄城后，李人凤将部队分散到城际周围，并从各连抽调枪法准、作风硬的战士组建突击连，配合当地自卫团不间断地对城内进行围困打击，迫使日军龟缩在城中不敢出来。

有一天，日军企图东渡淄河到临淄二区进行骚扰，没想到，他们刚一露头就被突击连和自卫团用五子炮、老抬枪给打了回去。一连三天，天天如此。

眼见城内的给养日渐减少，打击抗日军民也没有取得战果，加上胶济铁路运输时常中断，日军指挥官柏森受到了上司的严厉训斥。

而在此期间，十团抓住有利时机，加强对金岭镇至淄河车站以东地段铁路的破袭。他们采取各种手段，拆毁铁轨，炸翻火车，这条日军的生命线受到严重破坏。

为了尽快打破这种不利的局面，柏森暗中调集由步、骑、炮兵组成的联合日伪军600余人，准备由淄河店车站奔袭十团驻地

胶济铁路破袭战场之一——淄河店火车站旧址

郑家辛庄,企图消灭这支劲旅,拔掉这颗插在他们心脏的钉子。

2

得到敌人偷袭团部的重要情报后,侦察人员立即赶到驻地做了汇报。李人凤连夜召开团党委扩大会,研究部署阻击方案。

“同志们!”人员到齐后,李人凤进行了简单的战斗动员,“这段时间,鬼子在石块泥巴浇筑的城墙内困得难受,时常切断他们血管一样的铁路生命线又让他们的黑心生疼。所以,这次他们不惜血本联合诸兵种偷袭我们,绝对是来者不善。时间紧迫,联络兄弟部队增援根本来不及,所以我们要以殊死的决心,带领全体官兵背水一战,誓与临淄共存亡!”

“团长,您就下命令吧,一营请求承担正面阻击任务。在攻克陈瑞符部盘踞的临淄城时,我营就是主攻营!”李人凤话音刚落,一营营长王翰西第一个跳出来说。

“我们二营也绝不逊色!”二营教导员崔栋生霍地站起来,不服气地说。

“我们特务连,人人都是机灵鬼,个个都是神枪手!”看到两位营长争先表态,特务连副连长徐东洛亮出了自己队伍的优势。

“大家不要争了!”看到基层指挥员高昂的战斗情绪,李人凤非常高兴,他挥了一下手,恰到好处地打断大家的请战,果断地说,“这次敌人兵力太多,装备太强,我们不能跟他们硬拼,而是要在灵活机动阻击敌人的同时,保存力量,安全撤退。”

通过李人凤简短的分析,大家明白了这次战斗的意图,激动的情绪也慢慢平复下来。

“徐东洛?”李人凤喊道

“到!”徐东洛响亮地回答。

“命令你带领特务连一排、二排两个长枪排从正面阻击敌人。待团部及驻地群众转移后,迅速撤退,不得恋战。”李人凤开始进行战斗部署。

“保证完成任务!”受领任务后,徐东洛立即起身,走出团部,集合部队。

“各营长?”李人凤继续部署任务。

“到!”三个营长同时回答。

“在特务连阻击敌人的同时,各营一方面要做好战斗准备,另一方面要掩护团部和驻地群众迅速转移。敌人留给我们的时间不多了,赶紧去准备吧!”李人凤干净利落地部署完毕,各级指挥员立即回到自己的战斗岗位。

3

当初李人凤之所以选择郑家辛庄作为十团驻地，是因为这里的有利地形——进能攻,退能守。

该村四周有完整的土围墙,四个角落有土炮台,是打阻击的不二选择。村子的西面是淄河,河水滔滔,波浪滚滚,形成一道安全防卫的自然屏障。村西南角是一片较大的坟地,茂密的松柏树将四周笼罩起来,微风一吹,树叶翻飞,呼哨连连,显得阴森森、冷飕飕。特别是东西方向有两条一米多深的沟壑,成了阻击敌人的天然堑壕。

次日清晨4时许,徐东洛按照战斗计划,带领特务连一排、二排悄无声息地进入预定阵地。战士们以逸待劳, 一个个瞪大眼睛,子弹上膛,注视前方,只等鬼子前来送命。

不一会儿,徐东洛就听见沙沙的声音由远及近向村中传来。

“做好战斗准备! ”他立刻下达了命令。

“副连长,你怎么知道是鬼子来了?”趴在徐东洛边上的通讯员小刘疑惑地问道。

“小鬼,你还嫩着呢。”徐东洛压低声音说,“这种声音一般是判断不出来的,跟鬼子周旋多了,自然就记住了。”

“我还是不明白。”小刘说。

“日本虽然是个岛国,物资匮乏,但是他们为了攫取更多的资源,就四处派兵到别国侵略。所以,他们不惜重金把这些士兵武装到牙齿,然后用武士道精神给他们灌迷魂汤,他们为了所谓的‘圣战’才去拼命。”徐东洛耐心地说,“这种声音就是鬼子兵走起路来皮鞋摩擦地面发出的声音。”

两人说话间,这声音越来越响,眼看成片的人影黑压压地出现在射击区内,徐东洛大喊一声:“打! ”

话音刚落,60多条步枪“乒乒乓乓”一齐开火。

行进中的敌人被这突如其来的射击打懵了，他们不知道前方有多少部队,更不知道有多少枪口对着他们,于是迅速就地卧倒,连滚带爬地退到一片坟地中。

在坟丘的掩护下,敌人架起机枪和三八大盖进行还击。子弹打到土墙上、坟堆上,激起阵阵土雾。

由于特务连占据有利地形进行阻击,打了一个多小时后,正面进攻的敌人未能前进一步。

“给我用炮轰！”柏森恶狠狠地吼道。

听到命令,敌人的野炮和迫击炮同时向特务连进行轰击。但因天黑目标看不清,大多数炮弹落在阵地后面的村子里。

一阵炮轰之后,东方露出了白肚皮。这时敌人的骑兵向村东方向开始冲击,企图对特务连形成迂回包抄之势。

根据阻击的时间,徐东洛估计团部和驻地群众已安全转移。他忽然想起李团长“不要恋战”的嘱咐,便及时下达命令:“一排先撤,二排掩护,然后交替掩护,撤出战斗！”

在二排的掩护下,一排官兵快速撤到村子西南的柏树林中,然后以坟头为依托,用火力掩护二排后撤。

当柏森发现面前阻击了他们一个多小时的八路只有两个排的兵力时,不禁恼羞成怒,命令所有的火力向他们压过来,呼啸而过的子弹和炮弹打得树叶哗哗落地,有的树木被拦腰炸断,有的坟墓被轰掉一半。

当太阳即将升起的时候,敌人攻进了郑家辛庄。而此时特务连早已安全到达淄河西岸。

由于不知十团的虚实,偷袭不成的敌人,既不敢过河追赶,也不敢在原地滞留,只好垂头丧气地撤回了据点。

这次阻击战由于情报准确,准备充分,十团并未受到大的损失,敌人却稀里糊涂扔下几十具尸体。天黑之后,十团官兵又安然无恙地回到村子,李人凤对驻地重新进行了布防。

第五章 腥风血雨

为了破袭日寇频繁通过的辛石公路，李人凤指挥十团设伏岳家庄，取得辉煌战果。蓝衣社分子王尚志为报被驱逐出境之仇，在秦启荣直接授意下，制造了骇人听闻的太河惨案，一批年轻的优秀共产党员喋血太河岸，魂归马鞍山。武汉会战成为中国抗日战争的重要转折点，此后日军调整战略布局，将攻击重点转向八路军。在数倍于己的日军偷袭围剿中，三支队依托青纱帐，与敌大战于刘家井子。十团官兵机智诱敌，成功解除部队受困之危。

一、设伏

1

临淄区敬仲镇政府驻地向南两公里有一处村落，村西有一条公路直通东营市广饶县，这就是当时重要的战略通道辛广公路(原称“辛石公路”)。村内宽阔的水泥路网格状交织,路面平坦,整洁如镜。每当夏季来临,各家各户的房前屋后就开满了鲜艳欲滴的玫瑰花,有白的、红的、紫的、粉的,花团锦簇,大街小巷绿树成荫。朝向街巷的墙面上精心绘制了一幅幅栩栩如生的中国梦宣传画，村内村外无不展现出一派社会主义新农村的新气象。

据《临淄区地名志》记载:“岳氏于明洪武年间,由河北枣强县迁此立庄,名岳家庄。”现在村中虽已无岳氏,但村名沿袭下来。

岳家庄东南50米处有一个古墓葬,相传是齐国贵族崔杼之墓。崔杼系齐国姜姓公族,为春秋时期齐国大夫,是齐丁公一系的后代,又称“崔子”。崔杼在齐国执政几十年,骄横恣肆,为所欲为,齐国政局动荡不安。2000多年来,崔杼一直以乱臣贼子的面目出现在世人面前。

历史悠久的岳家庄,地处交通要道,又有深沟掩体,向来为军事要地,李人凤当年狠狠打击日军的岳家庄伏击战就发生在这里。

1939年1月21日,日军占领广饶县城,打通了由辛店到广饶城北石村的辛石公路。随后,又占领了寿光、博兴等县城。在这一带活动的国民党地方武装保安十五旅、十六旅、二十四旅各部得到消息后,惊慌失措,仓皇出逃,紧张的气氛一时笼罩着鲁中和鲁东地区。

为了惩治这支日军,振奋抗日军民,李人凤无时无刻不在寻找机会。

经多次派人侦察发现,这一带是临淄北去的必经之地,日军运输辎重抢掠物资的汽车队,每天往返于岳家庄西的辛石公路,多数情况下每次有四五辆汽车,少数情况下有十辆左右。

此时的岳家庄周围建有厚厚的土围墙,距辛石公路不足50米,在围墙内用土枪、土炮、手榴弹就能打击公路上的敌人。村东北角还有一条两米深、十多米宽的天然河沟直通淄河,可供部队隐蔽地进出伏击区。此处显然是十分理想的设伏地点。

“良好的群众基础加上有利的地形条件,我们一定能打一场漂亮的伏击战。既然是打伏击,就要速战速决,打他个措手不及。”2月18日晚,李人凤在营连级干部及区中队长参加的战前动员会上，分析了敌情以及选定岳家庄设伏的利弊，并下达了伏击任务："我命令，四连为左翼，部署在村东南，五连为右翼，部署在村西南，以围墙为依托，伺机进攻。各连指定几名精准的射手专打司机和汽车轮胎。特务连部署在村正南的围墙里，正处阵地中央，团指挥所设在特务连后面，便于指挥战斗。民兵自卫队携土枪、土炮配合作战。"

受领任务后，按照要求，各连干部回到驻地后简短进行了战斗动员。

2

2月19日清晨4时许，参战分队携轻重武器悄悄开出郑家辛庄。

然而，天公不作美，头天夜间，西北风一吹，纷纷扬扬下了一场不大不小的雪，干坼的土地像盖了厚厚的一层雪白被子，晶莹的雪花透出惨白的光亮，将暗夜照得通明，同时也给十团的隐蔽造成了很大困难。

怎么办？为了防止战士们暴露目标，李人凤当即传令，让大家把棉衣翻过来穿。远远望去，雪白的白布里子与晶莹的雪色融为一体，人走起来，宛如一个个在寒风中滚动的大雪球，不到近前，根本难以分辨。部队按照夜行军的要求静肃开进，于黎明之前到达岳家庄。

按照事先的战斗部署，各部一进村便占领有利位置，并在村子四面进出通道设立岗哨，对进入伏击区的人员进行严格盘查。几名战士化装成老百姓，在村头四个入口处假装拾粪，作为游动警戒观察哨，随时观察敌人的动向。与此同时，战斗人员迅速在围墙上挖好了射击孔，然后就地隐蔽，只待敌人进入伏击圈。

天亮了，雪收云散，红红的太阳照在雪地上，泛起令人晕眩的光芒。一个小时过去了，没有发现敌人的踪影，又一个小时过去了，公路上除了偶尔走过几个下地的村民，更没有车辆通过的迹象。

"敌人今天会不会来，是不是走漏了消息，不然怎么这么长时间看不到一辆车通过？"卧在雪地里的几个战士有点沉不住气了。

"不要急躁！没有把握我们绝不会搞这次设伏。"不知什么时候，李人凤来到了战士们身旁，这无疑增强了战士们的信心和勇气。

3

上午9时许，村南边终于传来了汽车马达声。一辆、两辆、三辆……十团战士欣喜地发现，先后有11辆汽车轰轰隆隆地向伏击圈开来，每辆车车头上插着的膏药旗在白雪的映衬下显得格外血腥和刺眼，战士们眼里喷射出复仇的火焰。

第一辆车越来越近，车厢里鬼子兵帽子两侧的"猫耳朵"已清晰可见。这辆车与后面的车队明显地拉开了一段距离，车上的鬼子兵也散坐在车厢四角，分明就是侦察车。

战士们屏住呼吸，却把手榴弹的弦悄悄地拉出来挂在小拇指上，耐心地等待命令。

第二辆车跟上来了，接着第三辆等距离地跟在后面，挤挤擦擦的日本兵端着刺刀，警惕地张望着路边的沟壑和田野。

近了，更近了，所有的车辆全部驶入了埋伏圈。

“打！”当前边的几辆车到达围墙下时，李人凤一声令下，眨眼间所有的枪口从围墙内伸出，洋枪、土枪、土炮一起开火，步枪子弹、土炮弹和手榴弹刹那间倾泻到日军的汽车上，弹片碰到车厢，发出噼里啪啦的巨大声响。

位于临淄区敬仲镇的岳家庄伏击战遗址（李晓岩 提供）

首先,最前面四辆车上的鬼子多数被击毙,三个活着的鬼子中有一人冲到土墙内,拧开一颗手榴弹准备向十团战士投掷,结果手榴弹还没爆炸便被一枪打死。另一个鬼子以车身作掩护,就地向外射击,结果被一颗手榴弹结果了性命。最后一个鬼子一看无处可躲,慌乱中猫在一个汽油桶的后面,四连一名战士举枪射中汽油桶,随着一团大火冲天而起,这名鬼子也化为了灰烬。

看到前面四辆汽车瞬间灰飞烟灭，中间三辆车上的鬼子有的在车上,有的跳下来负隅顽抗,妄图用火力压制十团的进攻。看到这里,特务连一排迅速冲出南门,准备到鬼子汽车上收缴武器,但因鬼子的火力太猛,难以靠近,随即与当面之敌对射起来。这时,后面四辆汽车上的鬼子由于离十团火力点较远,死伤不到半数。因此,幸存的鬼子据车顽抗,用火力压制住十团的攻击,然后凭借一条深沟迂回过来，以密集的子弹向四连的左翼和侧后射击。

进行这次伏击战时，十团的装备还比较差，激战一段时间后,鉴于这次鬼子较多,李人凤果断下令撤出战斗。等敌人的援军赶到时，十团战士凭借熟悉的地形，有秩序地从村东北角的“抗日沟”安全转移,东渡淄河返回郑家辛庄、曹村一带。

此次伏击战,共击毁日军汽车 7 辆,200 多名鬼子伤亡近半数,十团伤、亡各一人。对此,《大众日报》进行了典型报道。

岳家庄伏击战取得了重大胜利。当国民党几个保安旅不知所措、惊恐万状,人民群众情绪波动、心情紧张之时,十团给了骄横的日军当头一棒，这条重要的公路交通线一度中断，日军的嚣张气焰又一次受到沉重打击。

胶济綫北我軍活跃
岳家庄埋伏
毁敌汽車七辆

伯力广播

敌占海南島威胁美国安全
四百万中国人民无家可归

西班牙

1939 年 2 月《大众日报》对岳家庄伏击战的辉煌战果的报道(李晓岩 提供)

此战后，在中国共产党各级组织的领导下，临淄各地自卫队、妇救会、儿童团如雨后春笋般出现，他们以土枪、土炮、红缨枪为武器，站岗放哨，救护伤员，传送情报，积极配合十团作战，构筑起军民团结一心抗击侵略的坚强防线。

二、喋血

1

这一天，鲁南地区上空弥漫的乌云，像一群逃出牢笼的魔兽，张牙舞爪，形态怪异。

这一天，金鸡山、马鞍山、青龙山、豹眼山上阴风阵阵，面目狰狞，险象环生。

这一天，位于淄河上游的汤汤太河呜呜咽咽，冤气郁结，恸悲震天撼地。

这一天是 1939 年 3 月 30 日。鲁北清河区八路军山东纵队第三支队奉中共中央山东分局之命，选派 62 名优秀干部、战士骨干学员到中共山东分局驻地沂水县王庄受训，然后再分赴鲁南山东抗日军政干部学校和延安抗日军政大学学习。当他们由鲁北南下鲁南，途经博山太河镇（今属淄川）时，连同护送的两个连队 210 名官兵，遭到驻扎在此的国民党中央军事委员会别动总队第五纵队司令秦启荣所属王尚志部袭击，两人当场遇害，20 多人负伤，近 200 人被俘，此即震惊全国的太河惨案。

位于太河水库西岸的太河惨案纪念碑（翟慎晔 摄）

消息传来，十团官兵义愤填膺，他们为牺牲的营长吕乙亭喊冤叫屈，他们为死难的四连和七连兄弟痛哭流涕。他们一个个摩拳擦掌，磨刀霍霍，随时准备出击太河，生吞活剥冤家对头、顽固不化的军统分子王尚志。

炊事班为李人凤送来的饭菜已经热了三次，而每次都原封不动地被端了回去。

此时此刻,李人凤眉头紧皱,布满血丝的双眼如两支锋利的箭,射向临淄西南,射向太河沿岸。

“老李,发生如此惨案,全团官兵无不愤慨,一个个恨不得立马赶到太河,活剥了王尚志的皮,生喝了王尚志的血。这天大的血海深仇一定要报,可是饭你一定要吃呀。人是铁,饭是钢!”听了警卫排排长王凤阶的报告,李曦晨急忙来到李人凤的办公室进行劝慰。

“曦晨,我痛心呀!”李人凤噙着泪花激动地说道,“当时本已端掉了这帮顽匪的司令部,活捉了王尚志,明知道他顽固透顶、恶贯满盈,可考虑到维护统一战线就放了他一马,没想到,那次的放虎归山,竟酿成了今天的惨案。”

“当时处在国共合作时期,我们不想让国民党找到任何有损抗日的借口。”李曦晨安慰道,“不过,这次伏击本身就是国民党的一大阴谋,即使不是王尚志,也可能是李尚志、刘尚志。事情已经发生,你也不要太过自责。”

“事是这么个事,理却不是这个理。”李人凤仍然沉浸在极度的悲伤之中,“三营营长吕乙亭是我团的一名悍将,他没牺牲在向日寇冲锋的路上,却被这伙丧心病狂的顽匪不明不白地给炸死了。四连和七连,这是我团的两只铁拳,多少次战斗中令敌人闻风丧胆,这次竟就这么完了。我痛心呀!”

“血债要用血来偿!”不知什么时候,陈梅川走了进来,“惨案已经发生,生命无法挽回。我们应该从中吸取教训,有些因当时领导的决策造成的失误,也应及时向上级反映,避免重蹈覆辙。”

“你们两个说的都有道理。我没事，只是一时不能接受这个现实罢了。当务之急确实应该结合此次惨案，组织全团官兵进行一次时事政策教育，分析形势，捋清思路，剖析和揭露敌人的阴谋，激发干部战士的英勇斗志，随时准备歼灭一切反动之敌！”李人凤当场做出部署。

一场“告慰英烈，反思教训，鼓舞斗志，准备打仗”的思想教育和军事训练活动在全团轰轰烈烈地展开。

2

太河惨案的发生不是偶然的。

抗日战争进入相持阶段后，1939 年 1 月 21 日至 1 月 30 日，国民党在重庆召开了五届五中全会，会议的中心议题是抗战和反共，而最后确定的战略方针是“溶共、防共、限共、反共”。这次会议的召开，标志着国民党自抗战以来在政策上的重要转变，也是国民党彻底与人民为敌的分界线。

在大敌当前，民族危亡之际，面对异族侵凌，蒋介石集团不但不把主要精力放在驱逐日寇上，反而把政策的重心由对外转向对内，一意执行“消极抗日，积极反共”的错误路线，把四万万同胞拉入更痛苦的深渊。

而在太河惨案中，国民党山东省政府主席沈鸿烈和反共健将秦启荣则是始作俑者，王尚志及其所部是直接参与者和制造者。

沈鸿烈自 1938 年 1 月出任国民党山东省政府主席后，从鲁西到鲁北便一路干扰和破坏国共合作，积极推行反共方针。1939 年初进入鲁南山区后，更是坚决执行国民党中央积极反共的政策，先是抛出所谓“山东省政府之八大政策”，强调“统一军政军令”和饷款给养，只字不提与中共的合作关系，堂而皇之地限制和排挤中共领导的山东抗日武装，继而于 2 月 5 日至 7 日在鲁村召开鲁南军政会议，系统提出“统一划分防线”“统一指挥”“统一行动”“军不干政”“给养粮秣，统筹统支”等要求，喊出了“宁伪化，不赤化”“宁亡于日，不亡于共”的反动分裂口号。这次会议，在一定意义上可视为沈鸿烈在山东贯彻和推行国民党五中全会精神的重要行动，客观上对太河惨案的发生起了推波助澜的作用。

秦启荣是山东邹县（今山东省济宁市邹城市）人，1929 年毕业于黄埔军校第六期，1930~1937 年先后任国民党山东省党部经理干事、组织科主任、省党部委员兼书记长等职。1937 年日军侵占平津、河北后，秦启荣奉国民党中央军事委员会别动总队之命，在鲁北组织地方武装，先任鲁北游击司令，复改任冀鲁边区游击司令。11 月，日军大举南进，秦启荣为了保存实力，非但不组织部队进行抗击，反而将其司令部南撤至兖州。这一切竟得到沈鸿烈的赏识和重用。1938 年 1 月后，秦启荣被任命为国民党中央军事委员会别动总队第五纵队司令，整编所属各部为 9 个梯队，分驻于山东各地。1938 年 3 月，秦启荣为了扩大势力范围，将司令部移至鲁中山区重镇田黄，占据莱芜。此时，在中共领导的徂徕山起义基础上建立的山东人民抗日游击第四支队（为行文方便，有时亦简称“四支队”），按照中共中央和中共山东省委“工作的中心应当放在鲁中区，开始依靠新泰、莱芜、泰安、邹县的工作基础，努力向东发展”的重要指示，积极发动和依靠群众，扩大莱芜根据地。秦部为把持一方，屡屡与四支队搞摩擦，挑起冲突，时有扣捕、尾追四支队人员的事情发生。秦启荣还指使谭远村驱逐四支队出莱芜城。

为打击秦部的嚣张气焰，四支队在司令员洪涛、政治委员黎玉的领导下决定进行反击。

为了取得这次战斗的胜利，四支队充分研究了莱芜的地形地貌特点和国民党驻军的兵力部署，并派出具有敢打硬仗、突击力强的二大队深夜奇袭莱芜城，活捉了顽固县长谭远村，缴获大批武器弹药，以小的代价获取了大的胜利。接着，两路部队在莱芜城胜利会师，并改番号为“山东人民抗日联军独立第一师”。

此次战斗给国民党顽固派以迎头痛击。秦启荣得知此事后勃然大怒，亲率万余人兵发莱芜，准备与四支队决一死战。

为了避免更大的冲突和牺牲，四支队主动撤出莱芜城，并派王建青、徐子蔚前往秦部联系谈判。然而，铁了心要反共的秦启荣非但不接受谈判，反而不问青红皂白便将王、徐两人扣押，拴入马棚。双方因之在莱芜问题上陷入僵局，最终演变成后来的鹿鸣山之战，即“莱芜事件”。

沈鸿烈就任山东省政府主席后，将秦启荣部的主要活动地区邹县、滕县、淄川、博山、新泰、莱芜等县划为第十二专区，以秦启荣为专员兼保安司令，并任命其为国民党山东省政府委员兼建设厅厅长。从此，沈、秦即结为一体，成为操纵山东顽固派大肆制造反共摩擦的罪魁祸首。

王尚志乃山东潍坊昌邑人，抗战爆发后，受秦启荣委派，赴鲁北活动，后转至临淄一带组织武装，被秦启荣委任为第二游击区司令，成为秦启荣反共的一员得力干将。1938 年 3 月，王尚志的司令部被李人凤率军端掉，他被驱逐出境，后找到其主子秦启荣重拉队伍并开至太河流域，置七大队、八大队、九大队、十一大队于太河镇，并设司令部于峨庄，伺机进行防共、反共的勾当。此次对三支队干部学员及十团官兵下黑手，既是他反共的一次行动，也是他对李人凤“一箭之仇”的实质性报复。

3

1939 年 3 月下旬，十团接到三支队司令部关于“选派优秀指挥员带领精锐部队护送军政大学学员就学”的命令。按照上级指示，李人凤召集陈梅川、李曦晨等领导成员进行了认真的商讨和研究，最后决定由三营营长吕乙亭率四连和七连组成护送营执行这次艰巨的任务。

太河镇位于淄河上游东岸，四周群山连绵，独特的自然地理环境，使这里成为抗日战争时期胶东、清河与鲁中三大根据地的交通枢纽,再加上大片树木草丛和深沟险壑可做掩护,实属开展游击战的绝佳地段。因此,从 1938 年夏秋开始,三支队和四支队即经常在这一带活动。王尚志部开进此地时,八路军为了顾全国共合作大局主动撤出,王志尚部遂占据了太河镇。

这批干部护送营由 210 人组成,由吕乙亭营长带领,负责护送这批干部学员到山东分局驻地,随队赴延安汇报工作的三支队政治部主任鲍辉为这支队伍的总指挥。

太河惨案纪念地(翟慎晔 摄)

按照计划,3 月 25 日,受训学员与护送部队在张店卫固镇集合,次日下午出发。当夜,他们越过张店、湖田间的胶济铁路。3 月 27 日,尖刀班走到离太河镇 4 公里的桐古村时发现了荷枪实弹、装备整齐的国民党军。此时,他们方知原在这一带驻扎的四支队冯毅之营已撤离,太河镇已被王尚志部占据。为避免发生冲突,顺利通过太河镇,总指挥鲍辉事先派人与王尚志部取得联系,说明从此路过的意图并将枪支人数如实相告。

王尚志当即派人回话,同意借道。

“报仇的机会来了。”得知这支部队是三支队选派的干部骨干且负责护送的是将自己驱逐出境的李人凤的部队时，王尚志脸上露出一丝不易察觉的得意的冷笑。

“这支队伍来历不明,最近汉奸队伍活动猖獗。为了确保防区安全,我们要打他们一个伏击,以绝后患。”在秘密召开的军事会议上,王尚志一手策划了“假意借道、暗中设伏”的丑恶阴谋,并由峨庄司令部赶到太河镇亲自部署,亲自指挥。

30 日晨,得到王部同意“借道”的明确答复后,鲍辉几乎想都没想便令吕乙亭率领队伍继续南进,当他们到达夏室村时,守军却以“未接到司令部通知”为由百般阻挠,目的是拖延时间,以便部署其军事行动。

此时，鲍辉尚未发现敌人的阴谋，始终相信大家都是中国人,只要不是日本帝国主义的走狗,是断不会下毒手的,因此他仍然毫无戒备地组织部队缓慢行进。当他们到达太河村时,只见四周的围墙上站满了国民党的士兵，不远处的山脊上似乎也有人在来回活动,处处隐藏着杀机。

太河的围子高约两三米,全部用坚硬的青石砌成。村中有一个高约两三丈的土台子,上边长满了茂密的松树。村子的西边是曲折回环的淄河,在阳光的照耀下,茫茫的河滩泛起一片耀眼的白光。淄河西岸是一座悬崖峭壁的石山，叫方山，河滩与围子中间只有一条小路，蜿蜒崎岖，只允许一个个通行。

当队伍到达西门外围墙下，后卫七连行进到西北角时，围门却已紧紧关闭。

“既然你们同意借道，为什么现在又关闭围门？”吕乙亭营长走上前去厉声质问道。

执勤士兵回答说：“关闭围门是上峰的指示，至于什么原因我们也不清楚。”

“既然不清楚，那么现在我告诉你，我是八路军山东纵第队三支队三营营长吕乙亭，请你速去报告，放我们通行，否则误了我们的大事，你担待不起。”吕乙亭大义凛然地说道。

“不用通报了，王司令不在家，谁说也没有用。请你们从围子西边走吧！”王尚志的副官骑马来到门前，撂下一句话后一阵风似的跑了。

吕乙亭听了这话，虽然很生气，但也没办法，只好带领队伍顺围墙西边走去。

然而，队伍走出不到百米，一座窄窄的松木小桥拦腰卡住了去路。前方无法通行，后面的官兵又赶了上来，队伍渐渐聚集在桥头上。

“这样下去会耽误行程的。”看着越聚越多的队伍，吕乙亭打算寻找别的出路。

正当此时，只听“砰砰”两声枪响，接着城上的轻重机枪一齐开火，一颗颗冒着黑烟的手榴弹也打着“吱、吱”的呼哨，接连不断地落下来。毫无战斗准备的学员和官兵们，处在这样一个狭窄的夹道之中，进不能进，退不能退，只有挨打的份。

“就地卧倒，准备还击！”经过多次战斗洗礼的吕乙亭果断地下达了战斗命令。

“不要还击，不要还击，这肯定是个误会。”当政治部主任鲍辉还在不明就里呼喊的时候，一颗炸弹在他们附近爆炸，三营营长吕乙亭与一名战士当场倒在血泊中。

在这次毫无戒备的突然袭击中，除两名官兵当场牺牲外，鲍辉等20余人负伤，特务团团长潘建军、组织科长邓甫晨等被俘，仅有四连连长许子敬、排长马鸿贞带领十团33名战士和5名受训人员冲开一条血路突出重围，后卫部队紧急撤离，却也只有20多人脱险。

被俘的干部、战士被押至太河镇内一处院子里。

可怜这些热血儿男、抗日先锋，没能建功在驱逐日寇的战场上，却稀里糊涂地成了同胞阴谋袭击下的亡人和俘虏。乌云掠过他们的头顶，料峭的春风吹动着他们单薄的衣衫，几只惊恐的乌鸦凄厉地盘旋着、尖叫着，似乎在为这些死伤被俘的干部和战士喊冤叫屈。

“你们为什么开枪，为什么抓我们！”不能理解这种出尔反尔流氓行为的鲍辉厉声质问道。

“你们这是故意制造摩擦，破坏团结抗日，我要告你们！”特务团团长潘建军怒目圆睁，气愤地说道。

宣传科科长邓甫晨直接指着王尚志的一名部下骂道：“你们

蓄意谋害自己的同胞，这是明目张胆的汉奸行为，我要通过报纸揭露你们的丑行，让全国人民都知道！”

“请大家息怒，息怒，今天的事情绝对是个误会！”本来准备训话的这名军官见众怒难犯，急忙换了一副嘴脸，谎话连篇地解释道：“今天一早我们接到一个情报，说从博山城里出来一支四五百人的汉奸队伍朝这个方向来了，所以我们才采取了行动，等把情况弄清楚，自然就放你们回去了。”

未等此人说完，只见一名勤务兵飞马来到他面前，在耳边嘀嘀咕咕地说了几句，马上离开。

“这三个人带头闹事，图谋不轨，给我带走！”接着，六名荷枪实弹的勤务兵分别将鲍辉、潘建军和邓甫晨绳缠索绑地架走。当天夜里，这三名抗日先锋、基层指挥员被秘密杀害于太河镇东门外。

早春的夜幕徐徐降临，被俘的官兵被非人般地关在几处破旧的房间里，凉风从窗纸脱落的窗框里钻进来，大家只能将地上散落的稻草铺在身上驱寒。

“我看这次是凶多吉少。”七连指导员陈大学瑟缩着身子悄悄地对四连指导员张林说。

“我早看出来了，王尚志是王八吃秤砣，铁了心地要整咱。”张林十分清楚他们面临的处境。

“不管怎么样，我们都绝不屈服！”陈大学在黑暗中朝张林攥了攥拳头。

“这你放心就是。如果能出去，我们就先杀了王尚志，为死去的战友报仇。即使出不去，我们也要和他们斗争到底！……”

“不许说话！”没等张林说完，外面就传来粗暴的训斥声。

果然不出两位指导员所料，第二天顽匪将被俘的八路军官兵押到王尚志司令部驻地峨庄，逐一进行登记审讯，把张林、陈大学以及三支队政治干事张琴书、石印股股长徐效礼等11名连以上干部和重点怀疑对象，视为“要犯”，交由军法处继续审讯，逼迫他们说自己是从博山城里来的汉奸队。

他们本来是抗日先锋，怎么会承认自己是汉奸？然而，谁要是不承认，就施以酷刑。开始用棍棒打，后来改用六股铁丝拧成的铁鞭子抽。鞭子上的铁丝头像钩子一样，抽在这些历经战火洗礼的钢铁战士身上，不一会儿就皮开肉绽。他们连续被折磨了七个晚上，硬是一个也没有低头。忍无可忍的陈大学带头喊起了革命口号：“我们是抗日的人民子弟兵！”“反对内战，反对分裂，抗战到底！”

亲自在高处训话的秦启荣面对陈大学的强烈抵制，凶相毕露，当即命打手将他打得遍体鳞伤、鲜血淋漓。接着，顽军军法处处长声嘶力竭地号叫道：“说，谁是共产党员？是不是你，你为什么带头喊口号？”

面对敌人丑恶的嘴脸，陈大学大义凛然，慷慨陈词，严厉地质问敌人：“我们抗日有什么罪?你们为什么枪口对准八路军?你们的行为才是汉奸行为！”

敌人见陈大学态度强硬，更加恼怒，先是给他断饭断水，后用六根铁条绑起来抽打，企图迫使他就范。

面对敌人的严刑拷打,陈大学始终坚贞不屈。敌人见硬的不行，便来软的。顽军政治部主任李子廉过去是陈大学的老师,当初也是与王尚志一同被驱逐出境的“八大处长”之一。此时,他以老师的身份假惺惺地说:“大学,你还这么年轻,就别为共产党卖命了,到我这里来吧,老师我保你升官发财,尽享荣华富贵！”

“呸,以前你教我做学问,那时你还是个有良心的中国人,可现在你却沦为国民党的走狗,你不配再做我的老师,我也没你这样的老师。”面对衣冠楚楚的李子廉,看透了敌人软硬兼施的伎俩,陈大学严厉驳斥道:“日寇占领了我们的大好河山,你们不去英勇抗击,反而枪口对内,杀害自己的同胞,你们就是一群丧失了良心的汉奸！”

这时,八路军山东纵队在忍无可忍的情况下开始猛烈反击,顽军只好裹挟着部分被俘人员拼命东窜至临朐境内。到达黄山村时,将张林、陈大学、张琴书、徐效礼等5人残忍地枪杀于弥河滩。几天后的一个雨夜，四连连长赵华川趁看守不备，磨断绳索,越墙逃出。其余5人下落不明。

在这次惨案中,先后有8人在被俘后惨遭杀害,多人失踪,还有少部分人强遭遣散。这是秦启荣、王尚志有预谋地公开残杀共产党人、八路军的重大事件。

特别令人愤慨的是,在这次惨案中,共产党员陈大学牺牲时年仅19岁。

在采访过程中,笔者从任锡朋、李克进主编的《李人凤纪念文集》中一篇署名“晓明”的纪念文章《教诲》中得知，陈大学牺牲之时，他的女儿陈晓明还不懂事，当女儿渐渐长大，知道父亲是被国民党顽固派残忍杀害的，其心情可想而知。

“我是烈士的女儿，58年来人凤伯伯、刘孟妈妈的关怀、教诲，使我终生难忘。”纪念文章是1997年6月撰写的，此时陈大学烈士已牺牲58周年，而李人凤、刘孟夫妇拿他的女儿陈晓明像自己的亲闺女一样，把她拉扯培养大，直到她学有所成，成家立业。

4

太河惨案发生后，中国共产党对秦启荣、王尚志的反共罪行进行了有力的揭露和抗击。

4月10日，中共中央北方局指示：“对一切顽固分子的无理进攻，要进行坚决反击。”

17日，八路军山东纵队司令员张经武、中共山东省委书记黎玉通电全国，历数秦启荣之流坚决反共、破坏抗战，制造太河惨案的滔天罪行，呼吁全国主持正义，严惩祸首。

19日，《大众日报》发表题为《敌乎？友乎？》的社论，深刻揭露了太河惨案的真相。

一时之间，四方震惊。秦、王所为激起广大抗日军民的强烈义愤，“捉拿罪魁祸首，惩治肇事顽匪”的呼声一浪高过一浪。在强大的舆论压力下，就连国民党内部亦多有责议。

面对社会各界包括国民党内的讨伐与责难，秦、王等人为了推脱罪责，混淆视听，大肆散布太河事件是王部“讨逆”，解决“叛军”李人凤部的正义行动，实则是王尚志公报私仇，秦启荣借刀杀人。

他们的行为也彻底激怒了十团官兵，一份一份用鲜血写成的请战书通过班、排交到司令部——

“王尚志犯下了滔天罪行，非但不思悔改，反而大放厥词，必须进行惩罚！”

“血债血偿。不消灭王尚志，清河区就永远不太平！”

“我们要为死难的战友报仇！”

……

当陈梅川拿着厚厚的一沓血书递到李人凤手上时，他的手也剧烈地颤抖着，愤怒地说：“指战员的情绪现在很难平复，我看是时候给王尚志他们点颜色看看了！”

“现在全体官兵眼里都在喷火，如果不采取点行动，我怕要出问题。”李曦晨也把看到的情况如实相告。

“大家的心情和我们一样，但我们团领导必须先坐好庄、稳好舵。”李人凤说道，“现在我们分分工，梅川负责集合队伍，曦晨为大家上一堂稳心备战教育课，我向支队司令部起草请战文书。”

为了打击秦、王的反动气焰，平复抗战军民的激动情绪，当十团的请战书送到三支队的时候，支队司令部同时接到了上级“惩治秦启荣，消灭王尚志”的命令。

4月20日,在八路军山东纵队的统一指挥下,三支队奉命越过胶济铁路,挥师南下,与一支队、四支队近5000名指战员,共同对王尚志部进行了武装反击。李人凤带领十团官兵直抵太河镇北面的金鸡山,特务团迅速控制了太河镇西南的豹眼山。盘踞在金鸡山的顽军见南北两面攻势凌厉,连夜仓皇逃窜。三支队追击部队进抵峨庄,救出了在惨案中被俘的30多人。

仇人相见,分外眼红。当李人凤得知王尚志部逃至太河北部油篓山一带时,奋勇当先,乘胜追击。

罪恶累累的王尚志在制造惨案之后就预感到八路军特别是李人凤绝不会放过他,但没想到这一天会来得这么快。因此,在大军压境之前,为了保全性命,他决定东逃临朐暂避锋芒。

闻知王尚志不战而逃的消息,秦启荣极其愤怒,抄起电话就进行责问,对方却静默无声。于是,他带领特务排连夜从东里店赶至王尚志所在临朐县鹿皋驻地,一顿训斥之后,当即现场部署王部及其他所部组织“反攻”,对位于沂源县悦庄一带的八路军驻地进行袭击。与此同时,沈鸿烈为了“给八路军一个答复”,一面派出以基督教徒郭金南为团长的所谓“调查团”“调查”太河事件的经过,一面令王部躲避于济南西线国民党军第五路军吴化文的防区,以保存实力。有了沈鸿烈这个坚硬的后台和“保护伞”,王尚志竭力向主子表忠心,不断向八路军的小股部队出击,对山东抗日秩序时不时造成干扰和破坏。对此,国民党中央军事委员会非但不真正查明真相,惩治凶手,反而对秦启荣“传令嘉奖,并记大功一次”;嘉奖王尚志部为“能战敢为”先锋队,并拨发奖金两万元。

种种迹象表明，国民党当局从上到下反共战略完全是一致的。太河惨案就是在国民党中央消极抗日、积极反共和沈鸿烈山东省政府大肆推行限共、反共政策的背景下，在秦启荣的支持、指使下由王尚志部制造的影响恶劣的反共流血事件。

有了当局的支持和鼓励，在太河惨案发生半年之后，秦启荣即于8月纠集所部先于莱芜袭击四支队驻雪野后方机关，制造了雪野事件，继而于淄河围攻三支队与四支队，制造了淄河事件。由此，秦启荣背上了“摩擦专家”的恶名。

2016年6月太河镇新立太河惨案死难烈士纪念碑（翟慎晔 摄）

5

“太河惨案的损失是无法用数字计算的。1939 年的春天,丢掉了两个战斗力最强的武装连队, 损失有多大, 实在难以估量。”惨案的亲历者十团老兵马若后来回忆道。

“在太河惨案中遭到伏击、担负护送任务的两个连,是我们三支队十团战斗力最强的连队,而十团又是三支队的主力团。其打击和损失可想而知。”三支队副司令员杨国夫事后痛心地说。

就反摩擦斗争来说,太河惨案前,中共山东组织由于缺乏经验,斗争不够坚决,部分领导人缺乏必要的警惕性,在沈鸿烈进入鲁南后,虽然对其限共、防共的政策已有所察觉,也进行过斗争,但缺乏清醒、深刻的认识,仍对沈鸿烈抱有幻想。1939 年 2 月 23 日的《中共中央山东分局对苏鲁工作的决定》,一边讲“由于沈防共的错误政策,造成山东抗战的极大困难与危险”,一边强调坚持“一方面采取各种方式,一方面使沈进步”。当时《大众日报》上关于鲁南会议和涉及沈鸿烈的报道及八路军山东纵队领导人的访谈,也多是溢美之词。太河惨案发生后,中共中央书记处在《中央对山东问题之处置办法》中亦严肃指出:“山东方面过去退让太多, 如接受取消北海行政公署及北海银行; 未能于(伪)省府、县长西逃时普遍委任自己的县长;有些已委任的,复接受沈鸿烈命令撤销;秦启荣形同汉奸,多次向我进攻,未能给予有效还击。如上述情形不加改变,山东创建根据地与坚持抗战是要受挫折的。”

事实上，这种软弱的情形也表现在南下队伍的主要领导者身上。许多亲历者回忆道，当南下队伍走到太河附近时，已经明显觉察到危险，但这支队伍的总指挥仍然认为“现在搞统一战线，不会有事”，命令队伍继续前行。在队伍陷入包围、遭到枪击的情况下，总指挥仍然对国民党顽固派抱有幻想，非但不让部队反击突围，反而一次又一次地大喊“不要开枪！不要开枪！”“中国人不打中国人！”。这种错误的指挥，严重束缚了陷入重围的干部、战士的自卫还击行动，部队被顽固派军队冲得七零八落。

也有人一针见血地写道：“太河惨案本来是一次可以避免的事件。这次行动的主要指挥者受王明‘一切服从统一战线，一切通过统一战线’的右倾投降主义路线的影响太深，太相信国民党，对国民党缺乏起码的警惕性。在得知对方是我军死对头王尚志后，仍然存在幻想，抱着侥幸心理，还要坚持钻到王尚志摆好的口袋里。在被顽军包围后，如果采纳吕乙亭营长的意见，采取果断措施，组织反击，虽然付出代价，但可以大大减少损失。”

1939 年 4 月，中共中央书记处在给中共中央山东分局的指示中批评了山东方面以往的软弱和不足，要求加强反顽斗争和政权建设，并指出：“对于一切顽固分子之无理攻击，必须以严重态度对待。对汉奸分子如秦启荣，必须坚决消灭之（有计划的取得必胜），如在政治上、组织上瓦解秦部，在军事上包围袭击解决之。”5 月 19 日，在《关于山东工作方针的指示》中再次强调“对付顽固分子之无理举动以态度强硬为原则”，但“对东北军的方针应当是影响其将领,促其政治上的进步与觉悟”。

按照中共中央的指示,5 月 24 日，中共中央山东分局作出《关于山东工作方针原则的决定》，一是认真纠正了忽视根据地建设的错误,积极经营战略基地,并加紧建立专署、县、区抗日民主政权;二是积极扩大山东纵队与地方武装,巩固发展地方党组织;三是改正山东分局及各地对顽固分子的退让、防守与被动。随之,山东党组织全面调整了统一战线工作方针和斗争策略,采取了争取鲁苏战区于学忠部,孤立和打击以沈鸿烈、秦启荣为首的顽固派的方针策略。与此同时,徐向前、朱瑞受中共中央委派率领 100 多名干部于 1939 年 6 月来到鲁中山区,加强了山东的领导力量,8 月组建起以徐向前为司令员、朱瑞为政委的八路军第一纵队,10 月又将第一纵队与山东纵队机关合并，建立统一的指挥机构。

太河惨案虽然使清河区的抗日骨干和优秀部队受到了巨大的损失,但在宏观上,可以说是党中央领导山东抗战斗争策略变化的一个重要转折点。

三、大战

1

1938 年 10 月 27 日，日军第一一六师团与第六师团一部占领汉阳，武汉会战宣告结束。

在这次历时四个半月的战役中，歼灭日军 4 万余人，缴获大批轻重武器，极大地消耗了日军的有生力量，使战场形势发生了重大变化。自此日军的进攻势头被大大遏制，武汉会战成为中国抗日战争进入战略相持阶段的重要转折点。

武汉会战后，受到重创的日军调整了全局战略，由对国民党军队的正面战场进攻，改行以政治诱降为主、军事打击为辅的方针，把打击重点转向华北的八路军，相继从华中、华南正面战场及其国内抽调 7 个师团、5 个独立混成旅团加强华北方面军。与此同时，国民党军队非但不乘胜而战，反而逐渐走上消极抗日、积极反共的道路。

此时的山东，作为北连平津、南接华中的南北交通要冲，与晋察冀和晋冀豫根据地成鼎足之势，成为坚持敌后抗战的一支中坚力量。

抗战初期，山东地区形成了六大战区，其中1937年建立的位于津浦路以东的冀鲁边区，燃起了山东抗日的第一缕烽火。抗战期间，该边区开展对日伪作战近千次，歼灭日伪军数万人，有90多名县团级干部、10多万战士、民众英勇牺牲。解放战争期间，输送了10万人参军，出动了80万人次支前，成为整个华东战场的“大后方”。而成立于1938年5月的清河区，其前身是中共鲁东工委所辖地区，包括小清河两岸及胶济铁路张店至昌潍段两侧各县。同年10月，根据战争形势，中共苏鲁豫边区省委决定，以胶济铁路为界，北至济南，东至寿光、益都为清河区。这样，清河区遂成为东至昌邑、西靠章（丘）历（城）、南枕胶济铁路、北至垦区（垦利等黄河口地区）的一个广大区域。

两大边区占了齐鲁大地的一半。然而，日军为了获得更大的战争空间，采取“扫荡、围剿、分进合击”等战术，分别对这两个根据地不断进行瓦解和蚕食，使其南北不能衔接、东西不能相顾。

敌人的阴谋没有逃过党中央极具穿透力的眼睛。1938年5月，中央军委和八路军总部及时派遣一一五师作为东进抗日纵队入鲁，向津浦路以东的冀鲁边区平原挺进，并尽快与山东第六区抗日游击司令部第十支队会合，建立革命根据地。挺进纵队以三四三旅政治部、直属队、六八五团二营和一二九师工兵连为基础，又从其他部队抽调一部分骨干组成。由于林彪在战斗中负伤，肖华任纵队司令员兼政治委员，邓克明任参谋长，符竹庭任政治部主任。9月27日，挺进纵队越过津浦路，进入冀鲁交界处的乐陵县，成立了冀鲁边区军政委员会，揭开了挺进山东的序幕。

有了这支取得平型关大捷的英雄部队红色血液的注入，冀鲁边区由野战军、地方军和革命群众联合开展的抗日活动如火如荼地开展。清河区的广大指战员也摩拳擦掌，枕戈待旦。

1939年5月下旬，中共山东分局、八路军山东纵队向三支队发出指示，要尽快开展章丘、齐东的工作，打通清河区与冀鲁边区的联系，拓展山东根据地。

接到这一命令，三支队官兵群情激昂，欢呼雀跃。司令员马耀南、副司令员杨国夫带领队伍返回清河区，在桓台东沙沟子村与中共清河特委书记景晓村会合之后，共同率领部队在邹平县刘家井子（也称“刘井”）一带集结。李人凤接到命令后，亲率十团一营、三营及特务连火速向邹平急进，与三支队司令部及兄弟部队会合，严阵以待。

2

六月的邹平虽然还没到最炎热的季节，但站在没有任何遮挡的正午阳光下加紧合练的三支队指战员，还是被晒得湿透了衣衫。微风将山间的尘土吹下来，汗水和着泥水顺着战士们的脸颊不断地向下流，可谁也不会停下来去擦一擦手中舞得虎虎生风的带刺刀的步枪。

毕业于天津北洋大学的马耀南，少年时期就参加了五四运动，青年时代他主动接受马克思主义启蒙教育，积极参加了中共一大代表王尽美、邓恩铭组织的革命团体“励新学会”，并追随两人踊跃投身反帝爱国斗争。1937 年，中共山东省委派共产党员姚仲明、廖容标和赵明新到长山中学找到时任该校校长的马耀南，带领全校师生发动了著名的黑铁山抗日武装起义，组建了山东人民抗日救国军第五军。1938 年 6 月，根据中共山东省委决定，改编为八路军山东人民抗日游击第三支队，他成为首任司令员。

杨国夫，1929 年在家乡安徽省霍邱县参加中国工农红军，历经枪林弹雨，转战南北，浴血奋战，先后担任红四军的连、营长，红三十军二七〇团团长，后来被送往抗日军政大学深造，在长期的革命生涯中积累了丰富的战斗经验。因此，马耀南就将三支队的战斗指挥权交给杨国夫，由其全权负责。

1939 年 6 月 4 日中午，整肃一新的三支队步伐整齐地到达刘家井子村休整。

这是邹平县西北小清河平原上的一个平原小村。村子西去济南 50 多公里，南距胶济铁路只有 20 多公里。由于地势平坦，没有山林树木掩护，很容易暴露队伍的行踪。为了防止日伪军可能进行的偷袭和“围剿”，杨国夫在村子周围进行了严密的布防。他把支队司令部和特务团、警卫营分设在本村，把随行的七团布防在刘家井子东北方向的韩家村，把十团、十一团布防在刘家井子西北方向，将长垣独立营和特务团一连、三连布防在东边。

一切部署妥当后，杨国夫骑上马迅速对周围地形进行勘察，现场查验各支部队的防御工事和外围警戒情况。

刘家井子和韩家村虽然都是只有100多户人家的村子，但过去为了抵御土匪骚扰，都设置有3米宽、4米高的土围墙，而且在土围墙外面还有2米宽、1米深的壕沟，这些自然成为防御日伪攻击的屏障。杨国夫安排战士修筑必要的防御工事后，便将携带的“秘密武器”——17门“五子炮”分别部署在刘家井子和韩家村的土墙上，并设置好炮台。

所谓“五子炮”，其实就是由一根铁筒装置的土炮。

由于当时条件艰苦，装备落后，八路军重型火炮更是严重缺乏，所以杨国夫便就地取材，这种由民间制造的“重型武器”派上了用场。

使用“五子炮”时，事先要将其设置在预定的炮台上，让铁筒的朝向与地面呈固定夹角，而后将定量的火药倒入筒中，埋好引线，最后再在铁筒中放入大量铁弹丸，这样就完成了射击准备。当敌人进入特定地域，便点燃引线，火药在铁筒内的有限空间内爆炸，爆炸产生的气浪推动铁弹丸经铁筒喷射而出，能够成片地杀伤敌人。因此，“五子炮”又有“铁扫帚”之称。

3

三支队主力在刘家井子集结的情报迅速被济南府的敌人探知。多次遭到这支部队重创的日军指挥官松本少将，在室内来回踱着步子，得意地捋着山羊胡子，奸笑道："杨国夫呀杨国夫，你不是以善于用兵而著称的优秀指挥官嘛，这次竟然把这么一支庞大的队伍部署在前无水阻、后不靠山的空旷平原上，不是纯粹自取灭亡么！"

6月6日凌晨，决定对三支队进行偷袭和"围剿"的松本，纠集邹平以北九户、魏家桥、青城的日伪军2500人，调集邹平、张店和周村等地的3500名日伪军，并配备100多辆汽车，在夜幕掩护下一齐向刘家井子、韩家村及周围村庄方向进发。

拂晓时分，外围的哨兵突然发现日军兵分两路向三支队布防区域袭来，立刻向马耀南、杨国夫作了报告。杨国夫让所有人员进入阵地，听候命令。

天刚放亮，敌人借助微弱的天光开始发动进攻。正如杨国夫所料，日军的主攻方向在东北方。当日军向韩家村的外围土墙靠近时，早已密切关注日军动向的七团团长马千里命令9门"五子炮"的操作手将炮口对准目标，做好射击准备。400米，300米，200米，当日军进入有效射程范围，马千里一声令下："开炮！"只听九声巨响，铁弹丸从炮口呼啸而出，随即大批日军倒在地上，死的死，伤的伤，剩下的四散而逃。

此前，松本在和八路军多次作战时，从未发现八路军有重炮，故而有恃无恐。这回突然遭到如此猛烈炮火的攻击，不禁大为震惊，他不知道对方到底配备了什么样的秘密先进武器，于是赶紧下令撤退。

过了一会儿，日军再次尝试进攻。由于在第一次冲锋中吃了大亏，日军第二次冲锋时，将密集的队形分散开来，有不少日军竟然冲到了围墙下面。这时，又听马千里喊了一声“打！”干部战士一起举起步枪猛烈射击，同时一颗颗手榴弹也在敌群中开花。

在七团官兵的英勇阻击下，日军的冲锋又一次被打退。

溃逃后的日军稍作调整，又迂回到刘家井子方向发起更大规模的冲锋。

操作“五子炮”最为熟练的三支队修械所所长吕夫禄，看见日军逃出了“五子炮”的最近射程，便组织神炮手扛起土炮向后跑去，准备选择靠后的位置再次发射。

“五子炮”虽然杀伤面积大，但其劣势也非常明显。首先是装填不容易。其主要耗材是民间制造鞭炮常用的黑火药，铁弹丸则是由铁匠铺用来打制铁锅、铁犁、锄头等铁器的生铁捶打而成。所以，每次发射都要有准备时间，射击也只是追求火力覆盖面。其次是射程有限。其射程一般只有 100~200 米，也缺少射击精度。

为了克服这些劣势，吕夫禄通过不停地变换位置，快速掌控好铁筒的朝向和仰角，向日军密集的地方轰，日军一片片倒在血泊中。战至酣处，频繁扛炮来回奔跑的吕夫禄热得脱掉了衣服，光着膀子开炮，在日军眼里，俨然所向披靡的战神。

日军一次次进攻，在三支队官兵的顽强抗击下又一次次地败退。战斗持续到下午，松本眼看队伍伤亡数百人却依旧没有攻下刘家井子，嘴里一边骂着“八嘎呀路”，一边用枪逼着士兵进攻。

在山炮和机枪的掩护下，疯狂的日军一度攻上围墙。杀红了眼的三支队官兵早已将生死置之度外，他们据墙而战，顽强阻击。部署在东北方向的十团官兵，在李人凤的指挥下，从一侧迅速包抄过来，他们一个个端起明晃晃的刺刀，与敌人展开了白刃战，甚至不惜与敌人同归于尽。

就这样，战斗直至黄昏时分，日军依旧没有踏进刘家井子一步。晚上，因敌我力量悬殊，杨国夫指挥三支队趁着夜色快速撤出。

刘家井子一战，装备精良的日军虽然纠集了数倍于三支队的兵力，但激战一天，不但未能将三支队“剿灭”，而且付出了伤800人、死400人的代价。

刘井战斗遗址(李晓岩 提供)

4

黄昏后，杨国夫命令所有参战官兵在章丘附近进行短暂集结休整之后,在夜幕掩护下向东转移。

为了确保大部队的安全，李人凤带领十团人马宿营在与刘家井子不远的窝村,作为司令部的警卫哨。

由于部队连续战斗了一天,官兵们又累又饿。李人凤通知后勤处长说:“晚饭想办法给大家改善一下伙食，饭后还有任务要执行。”

“日军不是让我们给打退了吗,还有什么任务?”后勤处长一脸疑惑。

“敌人今天吃了大亏,松本这只老狐狸肯定不会善罢甘休。所以,我们要时刻做好迎战的准备。”李人凤解释说。

“我怎么就没想到这一点呢!”后勤处长自嘲地笑了笑,便去给各连队安排伙食去了。

晚饭之后,李人凤查看了四周布置的明岗和暗哨后,让通讯员通知全团排以上干部召开紧急会议。

“同志们！”李人凤开门见山地说,“我军驻地现在仍然处在战场的腹地,日军这次不惜集结数千人围攻我们,就是想一口把我们吃掉。所以,预计明天敌人可能会进行更加猛烈更大规模的攻击。”

“那现在我们需要干什么？”一营营长王翰西问道。

“修工事！”李人凤一手指向门外说，“我知道大家都非常劳累，急需休息，但是如果我们今晚不做好充分的防御准备，明天就无法阻挡数倍于我敌人的强大攻势。”

会议结束后，指战员按照团部指示，发扬连续作战的作风，将村子周围迅速修建起两米多高的工事，然后人人抱紧武器装备，在各自的战位上打了个盹。

刘家井子大战时十团指挥所所在地大碾庄旧址(李晓岩 提供)

果如李人凤所料，四更时分，日寇的骑兵与载满士兵的几十辆汽车齐头并进，直接向窝村南面扑来。

嗡嗡的汽车声和战马的嘶鸣声越来越近，严阵以待的十团官兵子弹上膛，瞪大眼睛，只等团长的命令。

为了隐蔽行动，敌人的汽车只开了小灯，但是发动机的声音却无法掩盖。等到敌人进入有效射程,李人凤迅速下达了“全线阻击”的口令。

偷袭的敌人又一次遭到突然阻击,立时被打得晕头转向。

一个时辰后，三支队通讯员向十团传达了司令部让部队迅速转移的命令。

“此时部队转移,敌人一定会快速追击。怎么办?”李人凤的脑子像开足了马力的马达飞速运转起来,“决不能让大部队受到损失!”

于是,他一边命令所有骑兵向东北方向撤退,牵制和诱惑敌人,一边指挥步兵向西北司令部驻地方向转移。

此时的庄稼秋苗方生,一眼望去,一马平川。

敌人见十团骑兵突围,果然命车队在前,步兵在后,尾追而来。

李人凤骑马走在最前面，他边观察地形边带领大家专走松软崎岖之路,以使敌人汽车无法通行。一番左冲右突之后,追击的敌人渐渐迷失了方向。

行至邹平辉里庄,几支分队相继到达集结地点。此后,李人凤与一营长王翰西兵分两路将部队安全带回临淄。

由于李人凤事先的充分准备和战术诱敌，三支队又一次摆脱了松本部队的围攻,冲出了敌人的包围圈。

刘家井子大战给了日军以沉重打击，同时也极大地鼓舞了士气。十团指战员齐装满员凯旋,临淄广大人民群众夹道欢迎,全县上下群情激昂，一片欢腾。根据临淄抗战形势一直向好的情况，中共清河特委决定在临淄县组建清河区第一个抗日民主政权——临淄县抗日民主政府。

临淄县抗日民主政府旧址(路通德 摄)

1939 年 7 月 7 日，临淄县抗日民主政府成立大会在大夫店村召开，全县乡长以上干部参加了大会。首先，十团团长李人凤代表十团指战员发表了热情洋溢的讲话，他表示坚决支持抗日民主政府的成立，要求全县乡、村政权组织在县政府的领导下同心协力，组织群众，支援抗战，夺取抗日斗争的最后胜利。接着，新当选的县长王兴国代表第一届政府班子讲话，他表示要带领班子成员为新政权“鞠躬尽瘁，死而后已”，同时提出了新政权成立后的任务。会后，县政府发布了抗日民主新政权——临淄县抗日民主政府成立的公告。县政府成立后，根据需要，设有民政科、财粮科、司法科、教育科等科室，不久增设了武装科。任命陈梅川为秘书科科长，房子修为民政科科长，孙敦甫为财粮科科长，王小川为司法科科长，曹希元为教育科科长，许子敬为武装科科长。县政府下辖五个区，张渔任一区区长，刘绍九任二区区长，孟兆宽任三区区长，常秀生任四区区长，孙砚农任五区区长。为了做好县政府的警卫工作，设有一个警卫班，约 20 人。同时，为确保安全，县政府各科分散在大夫店、东单、张王庄一带，白天集中办公，安排工作，晚上各自办公，分散活动。

临淄县抗日民主政府成立之后，在对敌斗争和巩固抗日根据地等方面取得了突出成绩，被清河区授予“抗日模范县”光荣称号。但是随着斗争形势的发展，政府组织受到严重破坏，许多同志先后被捕或牺牲。究其原因，是革命队伍中出了叛徒。

王六原是临淄独立营营长，本名王砚田，因在兄弟中排行第六，人们都称他为王六或王六子，又因他一只眼失明，便有了绰号“一眼六”。

王砚田系临淄四区薛家屯人，原为帮派头子。他手下的兵多是当地的地痞、流氓和旧警察，他把士兵一概称为“孩子们”。临淄县抗日民主政府成立后，临淄的抗日救亡工作十分活跃。在这种形势下，王砚田表示愿意抗日，并答应接受十团的领导。十团为了争取抗日力量，在“团结一致，共同抗日”总方针指引下，将其改编为十团独立营，王砚田任营长。1939 年秋，三支队奉命越过胶济铁路到博山池上一带进行整编，十团改编为基干二营，一部分改编为特务营，十团独立营的两个连改编为基干三营的两个连，王砚田任副营长。王砚田对此十分不满，当晚带领 30 多人携一挺机枪跑回临淄四区，扩充自己的势力。这年冬天的一个夜里，他带领几个亲信到东单村搜捕县委书记韩克辛和县长王兴国，企图将二人捕获后向敌人献礼，并随即叛变。他的阴谋未得逞，推迟了叛变的时间，但其狼子野心已经暴露，终于在 1941 年春天带着他的独立营叛变投敌。王砚田叛变后，不断残杀共产党员、干部、抗属和革命群众，破坏革命组织，先后逮捕了县长李铁铸和县委书记杨三友，李铁铸、杨三友面对敌人非人的折磨，坚守信念，不怕牺牲，坚持到最后胜利，在临淄的革命史上写下了光辉的一页。

第六章 曙光在前

牛王庄汉奸告密，三支队遭日寇伏击，马耀南出师未捷，疆场殉国。军屯子里应外合，智夺机枪，惩治日军。为揭露日寇侵华罪行，十团开辟《血花》"九一八"专号，作歌《血雨腥风》，唱得敌人胆战心惊。按照上级指示和扩大根据地的需要，李人凤带领十团官兵北上清水泊，巧钻青纱帐，开展平原游击战。为了适应抗战形势的需要，1940 年 8 月，三支队再次整编，许世友挂帅第三旅，李人凤主政渤海行署。血与火中诞生的"学生军"，历经洗礼，屡遭磨难，高树丰碑，永载史册。

一、反击

1

刘家井子战斗五六天后，日军妄图吃掉三支队的计划彻底破产，从各方调集来的部队垂头丧气地撤回到原来的据点，暂时龟缩起来。

三支队充分抓住这一有利时机，决定让部队进行短期休整，将伤病员根据轻重情况分送部队医院进行治疗，消耗给养和武器弹药也得到八路军山东总部的拨付和补充。

为了总结经验教训，1939 年 7 月 21 日下午，三支队在长山六区李家套召开大会，表彰了在刘家井子战斗中涌现出的先进群体和英雄人物，总结了战斗中的失误和不足，并对下一步的作战行动进行了部署。会后，马耀南、杨国夫带七团、警卫营和特务团一连、三连于当夜出发，行程 20 公里，于次日凌晨抵达桓台县牛王庄村。李人凤带领十团一营、三营和特务连也随后赶到集合地点。

“六月六，看谷秀，高粱没（mò）过牛，麦子没（méi）了头。”这是邹(平)长(山)一带的农谚,意思是农历六月初六谷子秀出了穗子,高粱长得高过牛,麦子已经收割打场,处处一派丰收景象。

部队进驻这天,正是农历六月初六深夜。

为了严肃群众纪律,马耀南规定,部队进村后不允许破坏包括庄稼在内的一草一木,不允许弄出大动静,不允许打扰百姓的正常生活,全体官兵一律在村子街头休息。

天亮以后,老百姓像往常一样,洒水扫庭,下地劳作。院门一打开,看见成片的子弟兵一个个和衣抱枪,露宿街头,既感动,又心疼。于是大家赶紧放下手中的扫帚,热情地把子弟兵们请进屋内,嘘寒问暖,生火做饭。

军爱民,民拥军。指战员来到老乡家之后,急忙接过他们手中的工具,挑水扫地,铺路修房,亲如一家。

然而,令人没有想到的是,这里的一切让村里一个大汉奸看在眼里。他趁大家不注意的时候,钻胡同,抄小路,悄悄跑到荆家据点,通过在此处当伪军的儿子将马耀南的行踪向鬼子告了密。

接到情报后,遭受过三支队重创的日军大喜过望,他们立即联络牛王庄西南方向的新城(桓台县治所,已迁至索镇)据点,东南方向的唐山据点、倾巢出动,迅速从三面对牛王庄形成包围之势。

上午9时许,三支队在外围的哨兵发现了敌人的动向,急忙向司令部报告。等通讯员向分散在老乡家的官兵发出做好战斗准备的通知时，已经过了半个多小时。这时，鬼子已从西和西南方向向牛王庄发起了进攻。马耀南和杨国夫沉着冷静地分别指挥两个方向的指战员奋起反击，硬是将鬼子顶了回去。

1939年7月22日，三支队司令员马耀南在牛王庄遭日军伏击，壮烈牺牲(李晓岩 提供)

“老杨，敌人来势凶猛，人多势众，看样子是想报刘家井子之仇。”马耀南在战斗间隙同杨国夫说，“我们人少，不能硬拼。我来掩护，你带部队突围。”

“马司令，三支队不能没有你。还是你先撤，我掩护！”杨国夫说完，示意马耀南的警卫员赶紧把马牵过来，保护司令撤退。

说话间，西部和西南两面的敌人又发动了第二轮攻击。在杨国夫的指挥下，支队机关和勤杂人员迅速跑到村东，抄小道撤走了。

不一会儿，马耀南带领几名警卫人员骑马跃出村东，顺大道向东南方向准备从大寨村突围出去。结果在汉奸的指引下，敌人已事先在这里设下埋伏，当马耀南赶来时，敌人一齐射击。马耀南沉着冷静地拔出手枪撂倒了前面的几个鬼子，伺机准备后撤。但终因寡不敌众，几个警卫员先后倒下，一代抗日英雄马耀南不幸中弹牺牲,时年37岁。

杨国夫在掩护马耀南撤退后，立即带领特务团一连和三连硬是将敌人的包围圈撕开一条口子向东突围出去，转移至临淄县南高阳村。李人凤迅速派出两支战斗力强的连队做好警戒,以防敌人追击和偷袭。

战斗进行到中午时分。马耀南牺牲后,马家的长工董应祥等人将他的遗体运送到南高阳。

马耀南的牺牲,首先是由于汉奸告密,其次是中了敌人的诡计,陷入了敌人的埋伏。

马耀南牺牲三个月后,他的两个弟弟马天民、马晓云也先后牺牲。他们的感人故事在齐鲁大地广为传颂,后来被拍成电视连续剧《一马三司令》搬上了银幕,并在央视平台黄金时段播出。

2

马耀南的牺牲对三支队的建设和发展造成重大损失，同时也更加激发了广大指战员英勇杀敌的革命斗志。

“团长,这个连队我管不了了,您看怎么办吧！”正当李人凤沉浸在失去一个优秀指挥员和好战友的巨大悲痛中时，五连连长胡兰芝一步闯了进来。

“到底怎么回事？”李人凤有些生气地说。

“战士们一个个要拔据点,打鬼子,为牺牲的马司令报仇雪恨。现在都摩拳擦掌的,我拦都拦不住。"胡兰芝说着,将一叠请战书递到李人凤手中。

"战士们的心情我很理解,谁不想给马司令报仇?"知道了其中的原因后,李人凤沉重地说,"这个仇一定要报,但毕竟现在是敌强我弱,不是时候。"

"报告!"五连的问题还没解决,六连指导员安硕亭走了进来。

看到他手里的一摞纸,李人凤心里又起了波澜:"不用问,你拿的也是请战书吧?"

"团长这么神,你没看怎么就知道?"安硕亭好奇地问道。

"刘家井子大战后,指战员情绪一直很高涨。"李人凤同时对他俩说,"这倒不算是坏事, 但是斗争要讲策略, 要注重方式方法。所以,作为基层指挥员要善于做战士的思想工作,既要集中优势兵力消灭敌人的有生力量,又要采取灵活机动的战术,一点一点地消耗敌人。"

两位连队干部回去向指战员传达了李人凤的指示后,大家的情绪再次被调动起来, 七嘴八舌地谈起了自己的战斗主张。

战斗机会说来就来了,不过这次没能轮上五连和六连,而是让特务连着实过了一次瘾。

8 月上旬的一天早上,政治部主任李曦晨正在伏案工作。突然,警卫员小李报告说有人指名道姓要见他。

"让他进来!"李曦晨痛快地说。

话音刚落，转眼进来一位20岁左右的英俊青年，他一边擦着两鬓的汗水，一边谨慎地问道："您真的是李主任？"

"没错，我是李曦晨！"李曦晨和蔼地看着这个可爱的后生。

"那好，我就直说了！"这青年不再犹豫，"我是广饶县委的通讯员吴明。县委统战部杜部长让我送来一份加急情报，并嘱咐我一定要亲手交给您！"说罢，层层解开腰带，从裤筒里摸出那份情报，双手递给李曦晨，便转身告辞了。

听说是加急情报，李曦晨急忙打开，只见上面写道：

李曦晨主任鉴：

今天上午10时许，大王桥据点出动敌人20余人，携带"六五"式歪把子机枪一挺，在据点翻译官李唐林的带领下，准备去贵县南卧石村骚扰。请立即派人在军屯子设伏，以图歼灭敌人，夺其机枪。此情报系李唐林提供，他是我们安插在据点的内线。届时，他将协助你们夺取机枪。战斗打响后，请注意保证他的安全。

战斗良机，千万不要错过。切切！

杜振东

即日晨

李曦晨看完情报，已知李人凤等团领导外出执行任务，便当机立断，一方面命特务连一排排长徐寅子率领20名精英骨干立即奔赴军屯子埋伏；另一方面派人到南卧石做通“伪村长”的工作，到时让他稳住日军，协助部队歼灭敌人。

正如情报所说，上午 10 时许，大王桥据点的翻译官李唐林引领日军 20 余人扛着一挺崭新的歪把子机枪，耀武扬威地沿路一直向南卧石村方向走来。

此时正值金秋时节，小路两旁的庄稼和树木繁荣而茂密，阳光热辣辣地照射下来，天空又没有一丝风，全副武装的日军热得似被火烤。

接近中午时分，日军终于来到村东头，此时他们的衣衫早已湿透。当看到前方一棵大树时，李唐林十分体己地对日军小队长铃木说：“皇军大大地辛苦，可暂且在此乘凉，稍事休息，待我找来村长，让他好好慰劳慰劳你们。”

铃木傲慢地说：“你的大大地体己，快去，快回！”

不一会儿，村长来到村头，头前带路，把日军领到一座家庙中。铃木一看，十几个人烧火的烧火，炒菜的炒菜，做饭的做饭，山羊胡子一翘，高兴地喊着“吆西，吆西”。

日军此行的目的本来是抢劫财物，寻花问柳，以满足物质和精神的虚空。结果可口的饭菜一上，20 多个日本兵狼吞虎咽，不一会都喝得酩酊大醉，东倒西歪。

秋脖子短，一顿饭下来眼看天色已晚，铃木便下令返回据点。

但此时他们一个个头重脚轻，谁也不愿意扛这二十多斤重的歪把子。翻译官李唐林见时机一到，假装对村长呵斥道：“还不赶紧去找个小推车，把皇军的机枪给送回去！”

"是！"村长根据事先安排,随即找来一个青年民兵,让他把机枪牢牢地绑到推车上在前面走，日军机枪手趔趔趄趄跟在后面追。

埋伏在军屯子附近的十团战士早已等了几个小时，有些不耐烦了。突然负责瞭望的战士小吴跑回来报告说:"排长,来了！"

"准备战斗!"徐寅子下达了作战预令,参战队员立刻充满了战斗的激情。

离军屯子只有二十几米的时候,李唐林见敌人不注意,便向推小车的民兵使了个眼色,然后自己也假装小便,"刺溜"一下钻进庄稼地里。那民兵明白了翻译官的意思,故意一个趔趄,把小车向沟边一歪,翻了个底朝天。

"打!"看到民兵和翻译官同时消失在青纱帐,徐寅子立即发出了战斗命令。

听到命令,严阵以待的战士们扣动扳机,一齐开火。同时,数十颗手榴弹也在敌群中开了花。一时被枪弹打蒙了的铃木清醒过来后,急忙指挥士兵趴在地上还击。战士们一个冲锋,就将几个顽敌击毙。等铃木像找到救命稻草一样找到小推车的时候,无奈机枪被紧紧地绑在上面,取不下来。这时,只见徐寅子几步向前,举起手中的步枪,狠狠向铃木砸去。他三两下就用刺刀将小车上的绳子挑断,将歪把子抱在怀里,并对着逃跑的敌人开火。

这次伏击中,激战只有十几分钟,毙敌十数人,不但智取了机枪一挺,而且还缴获了8支步枪。

战斗结束后,战士们抱着机枪笑着跳着,推小车的民兵也从庄稼地里跑出来,与战士们一起欢呼战斗的胜利。

3

日本强盗挟袭着血雨腥风,
袭遍了东北袭进长城。
我大好河山只落得一片血腥!
同胞们,同胞们,联合反攻,
争取最后的胜利,促进光荣的和平。
不要迟疑呀,猛向前冲!
收复了失地,洗净血腥,洗净血腥……

1938年9月18日,是九一八事变七周年纪念日。为了深刻揭露日寇侵华罪行,进一步激发全团指战员和驻地群众的抗战热情,十团政宣科提议要搞一次大规模的文艺宣传活动。活动的主题有两个:一是在团刊物《血花》上出一期纪念九一八事变以来抗击日军战果的专号;二是搞一台歌咏晚会,组织全团官兵进行大合唱。

血雨腥风

（纪念“九一八”七周年）

李人凤 词
陈振铎 曲
1938年9月山东淄博

D调

（悲壮地、激昂地、乐观自信地）

李人凤作词的抗战歌曲《血雨腥风》

建议送到政宣科科长陈振铎的手中，他便觉得有一股强烈的情感在心中涌动。

专刊不难策划，因为此前出的两期效果都很好，起到了鼓舞斗志、团结群众、凝聚力量、打击敌人的目的。

第一期创刊号适逢中国共产党成立十七周年和抗战周年纪念日，又值临淄抗日游击三大队整编为八路军的大喜日子。所以，主要内容是纪念“七一”、抗战一周年的文章以及部队整编大会上首长和官兵代表的讲话。

第二期是以纪念“八一”建军节为主题的内容。这是临淄抗日武装第一次纪念建军节。在十团驻地召开的纪念大会上，部队首长、地方党政领导都讲了话，社会各界群众代表都发了言。特别是妇女代表崔孟君，代表青年“识字班”与广大翻身妇女第一次登台，吹响了临淄妇

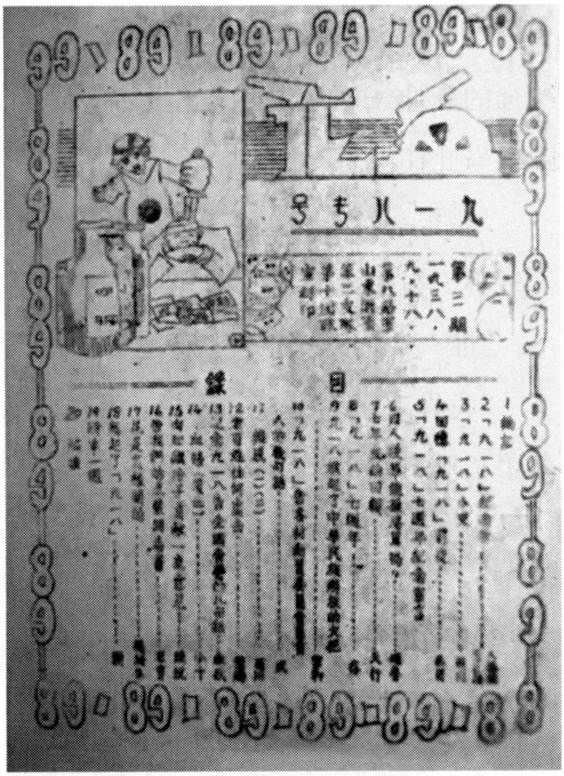

十团创办的具有鲜明个性特点的刊物《血花》（李晓岩 提供）

女寻求婚姻自由、自我解放和加入抗日队伍的进军号。所有讲话和发言都围绕一个主题，那就是十团虽然是一支年轻的人民军队，但在党的领导下，经过严格的教育和训练，经受血与火的战斗洗礼，已经成为继承老红军光荣传统的人民武装。所有这些，都被《血花》提炼刊登出来。

这一期作为纪念九一八事变之后抗击日本侵略者的专号，有着特殊的意义。所以，一定要借此机会，策划一期铿锵有力、鼓舞士气、体现和激发广大军民抗战到底决心和意志的特刊。

而全团大合唱，最好是谱写一支与临淄当前抗战形势紧密结合的新曲子。可是，自己虽然会谱曲，歌词总得有人来写，谁能担当此任呢？

“科长，我们身边就有一个大才子，你又何必犯愁呢？”政宣干事小王提醒说。

“谁，你？！”陈振铎定定地看着他，一时没拐过弯来。

“我肯定难当此任。”小王不再卖关子，“还能有谁，我们的大团长呗。听说他还在四师读书的时候，就牵头成立了‘文艺社’，出版油印了刊物《蒲公英》，而且加入了‘左翼作家联盟’。我还听说，李团长在西关小学当校长时亲自兼任校报《临淄周报》的主笔，要不是这场战争，说不定他会成为一名优秀的大作家呢！”

真是金鸡啼醒梦中人。陈振铎回想起平时的政治课，每次的战斗动员，作为行政主官的李团长，一向是出口成章，点点入骨，句句到位。

“可是，现在团长这么忙，又是研究战斗方案，又是组织部队训练，他能有空‘接这个活’？”陈振铎犹豫起来。

“你先问问看么，我觉得李团长肯定愿意。他经历多，感触深，文化积淀丰厚，一定会写出好歌词来。”小王把握十足地说。

夜，静了下来，训练了一天的指战员早已进入了甜蜜的梦想，李人凤却在油灯下攥着笔杆出神。他的脑海中浮现出父母因严重饥饿而导致浮肿的脸，幼小的弟弟因吃不上奶水，自己背着他满街乞讨的哭声，想起太河惨案中无辜牺牲的骨干干部和自己手下的两个英雄连队，以及日寇屠刀下同胞们死前绝望的眼神……想到这一切，只见他奋笔疾书，一气呵成，并定名为《血雨腥风》。

第二天一早，陈振铎接过歌词，只读了几句，便觉得热泪盈眶、热血翻腾。受此感染和鼓舞，他铺下纸张，不久便把曲子谱了出来。

气势磅礴的歌词，配上高昂激越的曲子，这首歌在晚会上一经演唱，很快成为临淄乃至整个清河地区抗日军民的流行歌曲，对激发广大军民的抗日热情、凝聚革命的力量发挥了应有的作用。

晚会获得了巨大的成功，同时通过现场征稿和自动投稿，团里的文艺骨干为《血花》撰写的文章有十几篇，漫画有 18 幅。文章大多是通过回忆九一八事变的经过、发生的历史背景，阐述纪念国耻日的意义，激励军民团结起来抗日救国。

“科长,这一期《血花》太充实了。”小王高兴地跟陈振铎说。

“收到的文章都有谁的?”陈振铎问道。

“有政治处李主任的《告读者说》,还有一营教导员吴祝存的、特务营二营营长许云轩的……”小王掰着手指头,如数家珍。

“那就把李主任的稿件发头题,把《血雨腥风》歌曲发封二。”陈振铎指示道。

“是,科长!”小王一溜烟地跑了。

4

短短三天时间,《血花》(九一八事变专号)带着油墨的芳香,被分发到全团的各个连队,官兵们都想一睹为快,因此争先恐后地抢夺起来。

这期封面右上角为以大炮和高射机枪团组成的刊名,象征觉醒的抗日军民热血沸腾的浪花,化作枪、炮射向敌人胸膛;左上角是一幅钢笔画,画着一个戴瓜皮帽的中国人正被迫服毒。他手捧药碗,面对着一堆剧毒药瓶,背上插着凶残的日本武士刺入的血淋淋的屠刀,展现了九一八事变后日军铁蹄蹂躏下的东北人民的悲惨生活。封面的下部为目录,四周是以“9”“1”“8”三个数字连环组成的花边,象征工农兵学商携手并肩团结起来,组成了抗日民族统一战线。

李人凤拿着新刊,首先对主题鲜明的封面给予赞赏,然后又风趣地对李曦晨说:“看,我们李大主任的美文都发头题了!”

李曦晨接过刊物认真地翻阅起来:“我的文章算什么，您这清河平原上赫赫有名的大才子写的歌词才见水平,既有气势,又有力量！”

“我们就不要在这里相互‘吹捧’了,咱到各个班、排看看去！”李人凤提议说。

“好呀,我正好也想听听大家的意见。”李曦晨附和道。

“当日本挑起九一八事变占领中国东北的时候,有一位日本执政者自己承认:‘吞灭东北,无异于吞下一颗炸弹。’这是一点也不错的。”他俩来到一营营部门前,教导员吴祝存正在组织排以上干部学习刚刚下发的《血花》,而学的第一篇正是李曦晨的《回忆“九一八”前夜 告读者说》。“现在日本又发动了七七事变,侵吞我大好河山,又来吞这颗大炸弹了。”

听到门外有动静,吴祝存停下宣读,向外看了一眼。他的目光正与走在前面团长的目光相对。李人凤摆了一下手,示意他继续。

“我们很有把握相信,这颗炸弹是会有极大爆炸力的。”吴祝存继续读道,“炸毁日本帝国主义自身，并为中华民族炸开一条光明之路……”

“李主任写得好不好?”听到这里,坐在下面的一营营长王翰西及时互动道。

“好！”大家一齐呼应。

“还有一篇好文章,大家愿不愿意听？”王翰西继续说道。

“营长,您就别卖关子了,您说的是谁的好文章？”急性子的二排长急不可耐地说。

“当然是我们吴教导员的。”王翰西对自己搭档的自豪劲不言而喻。

“那就快读吧，我们都听着呢！”大家不约而同地说。

“题目：《‘九·一八’七周年》，作者：吴祝存。”王翰西充满激情地读道：“‘九·一八’是一个悲惨的日子，也是伟大的日子，它是中华民族觉醒和图强的契机……我们只有牺牲一切，总结七年来的经验教训，以英勇战斗的姿态，来完成党和国家赋予我们的伟大历史任务。”

王翰西一读完，全体干部就一齐热烈地鼓掌。

李人凤和李曦晨来到特务二营营长许云轩的窗前，听到一阵朗朗的阅读声从里边传来。“从‘九·一八’到现在，这条火把越烧越大了，越烧越旺了：由长白山烧到昆仑山，由广州烧到伊利，以至烧遍了中国全原野；由少年烧到了中年人，由男人烧到了女人；由穷人烧到了富人，以至烧遍了整个中华民族的心。”这篇才华横溢、排比句相连的文章，正是出自黄埔军校高材生许云轩之手。

5

《血雨腥风》这首极具鼓动性的歌曲传到敌人耳朵里，深受李人凤沉重打击的日伪军是恨之入骨，可是又拿他没办法，因此他们就想出了一条抓捕李人凤的家人做人质的毒计，妄图逼迫李人凤就范。

李人凤在临淄教书，进而举起抗日大旗开展革命活动后，因刘孟在青州任教，所以孩子们一直随她住在青州，由刘孟的父母看管。

在二儿子李克进的记忆中，他对父亲第一次有印象是三四岁的时候。母亲学校放暑假，带他回到临淄探亲，父亲出于歉疚和疼爱，就送给他一辆三轮童车。因他特别喜爱，天天骑着在校园里转。

那个时代三轮童车极为稀罕，一群大大小小的学生开始先是好奇地围着看，随后就你坐一坐，我骑一骑。一辆童车哪经得起这么折腾，不长时间就坏了。父亲知道后，谁也没有责备，而是温和地哄着克进说："坏了我再给你修，修不好咱再买个新的。"话只是这么说，后来的日子，父亲一直在血与火的抗日前线，别说给他买东西，就是想见一面都很难。

到了 1938 年春天，刘孟才带着孩子回到李人凤的老家。有一天，听大人说父亲在一次战斗中被日本兵击中，左臂负伤，克进便躲开日伪探子的眼线，偷偷跑到父亲住的地方去探望。

见到父亲时，他躺在一个空空荡荡的大房子的门板上，缠着纱布的伤口渗出一大片鲜红的血。克进心疼地坐在父亲身边，握住他的手。这时，医生来给父亲换药，纱布打开，一道黑乎乎的伤口吓得克进扭过头去。那时药材非常缺乏，根本就没有麻药。可是医生无论怎样扒拉伤口，他眉头都不会皱一皱。看到父亲坚强的样子，克进在心里暗暗发誓："长大以后，我也要像父亲一样，做个真正的男子汉。”

后来克进听说父亲的头很“值钱”，日本人悬赏几万大洋，却始终没能买到。可是，他没想到，鬼子除了对父亲进行悬赏，还对他们全家也“感兴趣”。

有一天，刘孟的父母及其克进的三个兄弟正在南卧石家中吃饭，突然有人来告诉他们：“鬼子进村了，就是来抓你们一家的。”

作为抗战英雄家属的老人，早已习惯了日伪军的搜捕和袭击，因此一得到信息他们便急忙带着孩子们翻过围墙，跑向村后一块茂密的高粱地里躲了起来。有了这道天然屏障的保护，追击的鬼子没了主意。结果，过了一会，几个汉奸就在地头上高喊：“李人凤的家人们，快快出来吧。只要乖乖地出来，就保证你们没事，如果你们与皇军对抗，那么被我们抓住可就是死路一条！”当时克进的四弟克健出生刚几个月，奶娘使劲抱着他，唯恐他发出一点哭声招来杀身之祸。说来也怪，尽管爬墙过沟跌跌撞撞，小克健却很懂事，在奶娘的怀里竟然一声没哭，由此躲过了一场灾难。过后，他们只好离开临淄，辗转来到广饶、寿光一带，暂时躲避敌人的搜捕。

得到家人安全转移的消息，李人凤心中的一块石头才落了地。刘家井子大战后，他率部回到临淄继续活动。

1939 年 8 月，秦启荣在莱芜制造了“雪野事件”之后，紧接着又调集 4000 余人以太河为中心，指示当地顽固派分子翟超、王葆团、田振中、杨锡九、翟汝鉴等，对三支队十团二营和四支队新一营及淄川地方抗日武装进行包抄，这在山东抗战史上称为“淄河事件”。

十团二营当时驻扎在太河下册、桐古一带，突遭敌人包围后，二营指战员进行了顽强抵抗。经过一天的激战，他们趁夜间敌人瞌睡懈怠之际，突然向东突围，次日攻占益都保安司令王葆团的防地杨集，突出包围圈，辗转数十公里，到达池上。随即，王葆团派翟超、翟汝鉴等部把矛头转向四支队新一营，并从四面形成包围圈。新一营在营长冯毅之的带领下，主动出击，孤军奋战十余日，歼灭了王葆团一个大队。王葆团不甘心失败，妄图勾结顽匪进一步夹击新一营。战斗形势极为严峻。

为了保存抗战力量，冯毅之带领部队迅速转移到河西，顽匪围追堵截，最后到达井筒村北的天堂寨，依托有利地形，向进攻的顽匪开火。结果，在战斗最激烈的时候，全营唯一一挺机枪因长时间射击卡了壳，新一营战友的生命危在旦夕。

此时，在池上短暂停留的李人凤接到杨国夫副司令员的紧急电报：“命令你部，不惜一切代价，火速赶往天堂寨，营救新一营！”

接到电报，李人凤立即集中十团一营、三营、特务连，冲破王葆团的坚固防线，当夜抢占天堂寨，救出新一营。然后，两支队伍会合一处，占领蛤蟆岭，直逼井筒村。

第二天拂晓，王葆团纠集翟超、翟汝鉴部向天堂寨方向疯狂反扑，李人凤组织近距离密集火力将其紧紧压制。与此同时，八路军山东纵队调集一支队、三支队、四支队主力，在郭洪涛、张经武、王建安指挥下，对秦启荣部进行全面反攻。

经过五天激烈的战斗，翟超、翟汝鉴部被击溃，王葆团旅被打垮，王葆团之蔡建亭部被收编，600余名敌人或被击毙，或被打伤，或被俘虏。借助有利战机，部队乘机收复了峨庄、朱崖、太河等地区。

至此，淄河流域通往鲁南、山东省委党政领导的抗日根据地的道路障碍被悉数消除。

淄河反击战取得了重大胜利。

二、北进

1

壮志未酬的三支队司令员马耀南牺牲后，清河地区的抗战形势日趋严峻，领导层在战略发展方向上也产生了分歧，最终“以山区为主,以平原为辅,依托山区创建鲁中根据地,开展清河游击战”的主张占了上风,导致清河区军政机关、武装力量集中在狭窄的胶济铁路南北两侧,处于“头枕胶济线,脚踏小清河,东

1939 年 11 月,三支队跨过小清河北上,开辟清水泊抗日根据地(李晓岩 提供)

西一条线,一枪能打穿”的被动局面。

面对这种情况，中共清河特委决定到该地区的主要武装力量三支队召开领导干部紧急会议,会场设在临淄县大夫店村。

会上,景晓村书记分析形势,统一思想,研究提出了坚持平原游击战争,创造清河平原根据地的方针,决定把三支队部署在胶济铁路南的部队全部拉到铁路北,与路北部队会合,利用青纱帐做掩护,广泛发动群众,开展平原游击战争。

会后，景晓村书记立即赶往鲁中向山东分局和八路军第一纵队汇报了清河战略发展意图,得到了司令员徐向前、政委朱瑞的充分肯定。

为了加强对清河区和三支队的领导,1939 年 10 月,八路军山东第一纵队派副指挥王建安到三支队传达了中共中央山东分局和八路军第一纵队关于三支队下一步的战略方向与进行整编的指示,决定任命杨国夫为三支队司令员,徐斌洲为政治委员,李人凤为副司令员,鲍剑寒为参谋长,陈楚为政治部主任,并将部队整编为基干一营、二营、三营及邹(平)长(山)独立团、寿光独立团;十团大部编为基干二营,营长许云轩,教导员孙正。

整编完毕，司令员杨国夫跟随王建安到八路军第一纵队机关驻地沂水县马牧池乡向徐向前、朱瑞进一步汇报了清河区发展设想。据《临淄文史资料》记载,听取汇报后,徐向前、朱瑞当即明确指示:你们的想法很好,符合鲁中抗日形势的实际。你们就是要坚持平原游击战,改变过去跨狭窄铁路两侧活动的方针,要向小清河以北发展,到黄河两岸创建抗日根据地,打通与冀鲁边区的联系。

这一重要指示，对于开辟清河平原抗日根据地、坚持平原游击战有着极其重要的指导作用。

按照纵队首长指示，1939 年 11 月，三支队从博山池上、上庄一带出发，跨过胶济铁路，兵分两路回师清河平原。东路由李人凤等支队领导率司政机关和基干二营作为主力，从张店东侧跨过铁路，冲破敌人封锁线，直插寿光北部的清水泊地区。西路由基干一营营长李汝瑟、教导员李曼村、副营长韩子衡率领，挺进长山、邹平、青城地区。另派新编第三大队作为先遣队，先期过小清河，到高苑一带活动，为迎接三支队北进小清河创造条件。

2

兵马未动，粮草先行。北进后的三支队为保持与鲁中部队的联系和筹备军需物资，在博山建立了办事处。

已经习惯钻树林、过沟坎、扒铁轨、炸火车的抗日战士，突然接到撤往一马平川的平原地带打游击的命令，好多人不能接受。有的说："我们在山里有山石树木杂草做掩护，如鱼得水，能攻易守，为什么让我们从这里撤走？"也有人说："平原作战，虽然跑起来方便，但是敌人有汽车、快马，我们能跑得过吗？"还有人说："平原作战，做掩护的除了那点青纱帐，便再无遮挡了，等于把自己暴露在敌人的枪口下。"

这些牢骚情绪，显然于当前的对敌斗争形势不利。为了打消大家的顾虑，李人凤率部进入清河平原后，亲自到基层做深入细致的思想教育工作。

基干二营是十团的老底子，他没打招呼就直接来到了六连。

李人凤为十团整编后的基干二营部分指战员拍摄的合影(李晓岩 提供)

“日寇正集中兵力对胶济铁路以北的保安旅进行逼降性的‘扫荡’，国民党顽固派不抵抗，人民群众备受烧杀掳掠之蹂躏，望眼欲穿地盼着八路军解救他们于水火之中。在这样的情况下，我们是躲在山区丛林中保存自己，还是走下山去，杀向路北，建立平原革命根据地，消灭敌人的有生力量？”教师出身的李人凤，经过多年枪林弹雨的洗礼，讲起课来，既有理论高度，又有政策依据，更有亲身经历，政治动员一开始就吸引了干部战士的注意力。

这，正是他要的效果。

于是，他继续激昂地说道："过去我们三支队是沿铁路活动，顽固派跟在我们屁股后面，好比给他们站岗放哨。而敌人利用铁路机动，我们怎么跳也是离铁路十几里地，跳不出敌人的圈子。对此，纵队首长徐向前、王建安一针见血地指出，不是平原游击战能不能坚持的问题，而是发展创建根据地的方针对头不对头的问题。"

当战斗的目的上升到战略高度，就不是单纯地消灭几个敌人的问题了。而高深的战略理论一经李人凤用浅显易懂的语言分解开来，普遍文化水平不高的战士一下豁然开朗，茅塞顿开。李人凤讲到这里，围坐在一起的战士们七嘴八舌地议论起来。

六连的干部战士论打鬼子、捉汉奸，绝对是个顶个的棒，可就是好多人连自己的名字都认不出来。而连长孙干卿就不一样了，他是在读省立中学备考时，日本飞机突然从空中撒下雪片般的传单，扬言要炸平济南府，这时学生们纷纷逃出校园，他便爬上火车回到了家乡，参加了李人凤组织的临淄青年学生抗日志愿军训团，从战士提到排长、副连长，三年之内干到连长的位置。孙干卿骁勇善战，他手下的兵自然没有孬种。

经李人凤教育动员，六连从上到下情绪高涨。吃过午饭，全连便拉到池上村的沙滩上待命，单等李副司令的检验考核。

13 时 30 分，李人凤准时出现在指定的集合地点。

与全连官兵一起待命的孙干卿见此，急忙跑上前去就要打报告，李人凤用手制止了他。孙干卿只好回到队伍排头的位置。他想：“六连本来是十团团长李人凤一手打造出来的钢铁连队，意志坚定，纪律严明，样样工作都能经得起检验。”

“机枪手！”

“到！”

“出列！”

“是！”

“向前方150米处的土丘射击！”

当全连人员准备迎接李副司令检查军容、队列或装备时，李人凤却首先下达了让机枪手准备射击的口令。

由于首长不同寻常的检验，大家的思维显然已经转换，情绪也完全被调动了起来。

见火候已到，李人凤做了简短的小结：“同志们！纵队首长指示我们要向纵深发展，我带你们这个连打先锋，先回到鲁北，为大部队的到来做好准备。但是……”说到这里，李人凤话锋一转，看了一下大家继续说，“我们打先锋，就会全面暴露在凶恶残暴的敌人的枪口下，所以在做好随时流血牺牲的思想准备的前提下，还要做好技术装备的准备，我们不能拿烧火棍去跟装备精良的敌人硬拼。”

“啪、啪、啪。”

当机枪射手扣动扳机的时候，枪膛里没有发出“哒哒哒哒”正常的连射声，却只能进行单发射击。机枪手不知如何是好，孙干卿也同样呆在那里。

“机枪是杀伤敌人有生力量的最有力的武器，现在射击竟然不连发！如果对面不是土丘，而是敌人发起的集团冲锋，你们能顶得住吗?！你们是先遣部队，是插向敌人心脏的一把尖刀，任务光荣而艰巨。你们准备成这个样子，能够完成纵队首长赋予的任务与使命吗！”在老首长的严厉训斥下，孙干卿脸上挂不住了。只见他一步跨上前去，从机枪手手中接过机枪，熟练地进行了故障排除，然后装弹拉栓，一梭子弹呼啸而过，倾刻覆盖了射击目标。

看到这里，一脸严肃的李人凤转而露出了温和的笑容。他满意地走上前去，用手拍了拍孙干卿的肩膀，放心地说：“回去将装备再细细地检查一遍，晚上可以按时出发了！”

在李人凤的带领下，六连顺利到达鲁北平原，完成了作为东路部队先遣队的任务。

3

由于先遣队先行摸清了敌人的兵力部署和战略动向，紧随其后的东路大部队本着“能绕就绕”，“绕不过去就打”的原则，左冲右突，于 1939 年 11 月底在益（都）寿（光）临（淄）广（饶）四县边区与景晓村书记率领的清河地委机关顺利会合。

经过短短一个月的浴血奋战，上级交予的战略任务三支队基本完成。他们坚持平原游击战争的万人誓师大会在寿光北部清水泊地区的郑家埝胜利召开。会上，三支队司令员杨国夫传达了徐向前、朱瑞两位首长的重要指示，部署了下一步的军事行动。

为了巩固和扩大平原游击战的成果，1940 年元旦，徐向前派纵队副总指挥王建安来到三支队，召开了清河区军政委员会会议，景晓村、杨国夫、徐斌洲、李人凤、苏杰等参加了会议。这次会议进一步明确了下一步对敌斗争的发展方向。

不久，毛泽东发表了著名的《新民主主义论》，系统地论述了新民主主义革命的理论纲领，为全国的革命和建设指明了方向。

三支队坚持开展平原游击战的做法得到中共中央山东分局和八路军第一纵队的充分肯定。1940 年 2 月，李人凤代表三支队到鲁南孙祖就有关情况向中共中央山东分局做了详细的汇报。对此，《大众日报》记者吴健进行了报道，并以“坚持清河平原游击战争”为主题，以“三支队副司令访问记”为副题发表了通讯。

2 月 25 日，大雪后的清晨，记者踏着洁白的积雪，前去访问刚从鲁北到鲁南落脚的李人凤。

第一次见到李人凤，看到他英俊潇洒、精神焕发，处处显露出革命军人独有的坚定沉着，吴健在心里暗暗佩服。而从与他和蔼亲切的谈话中，对相对隔绝的清河地区也有了一个概略的认识。

李人凤首先谈到英勇的三支队如何在清河平原坚持艰苦卓绝的游击战争，如何创造了一个个感人至深的传奇故事。

一般来说，三支队平均每天要和敌人作战一次，在一个地方驻扎最多不超过两天，而且睡觉不脱鞋，枪械不离身，因为他们几乎每天都在敌人三四个据点的包围当中，每个据点离他们最近的只有四五里地，最远的不过二三十里。在清河13县中，敌人已有70多个据点。这些据点的敌人，经常算计着如何对八路军进行“扫荡”，如果他们在一个地方住得稍久一点，马上就有被合击的危险。每次围剿，装备精良的敌人至少有三路人马，每路至少要一二百人，而且是日军多于伪军。

“敌人扫荡时情形怎么样呢？”吴健急迫地问。

李人凤稍加思索后说道：“敌人对我们扫荡，主要是采取分进合击的战术，集中多个据点的兵力合击一处。敌人进攻的主要目标，除了常驻部队外，多是我们力量较弱或比较重要的地方。出动之前，他们都有相当长时间的计划布置，来时行动相当迅速，经常实施极猛烈的追击。但由于他们战斗的决心日渐减弱，追击的精神已日渐消沉，加之人地生疏，因此他们同八路军作起战来并不会占到多大便宜。不过在过去他们夺得一个地方，如无军事意义，多是烧杀掠夺一番之后随即离去。现在占领一个地方即大修碉堡，派少数部队固守，一方面增加其据点，另一方面采取‘以战养战’‘以华制华’的政策。每个据点的敌人都比较少，但被我们袭击无力抵抗时就大放毒气，因此这个手段更加毒辣。”

“那我们反扫荡又采取的什么战术？我想李司令肯定有很多宝贵的经验教训！”吴健提出的这个问题，更引起了李人凤的兴趣。

他像在指挥一次反扫荡的战斗似的，活跃地说道：“我们的战斗是逐步进步的，但主要的是由于我们坚持党的领导，发动和依靠群众，采取灵活机动的战术。一是建立了严密的情报网。敌人的据点一有行动，我们立刻就能知道。而我们在驻防休整时，更是依靠民众封锁消息，并常利用据点附近的当地游击小组大肆活动，如破坏道路电杆，贴标语、假行军、造谣言、打埋伏、杀汉奸等，以转移敌人的视线，使我们得到较为充足的休息。二是我们还时常故意针对敌人据点兵力不足的弱点，集结较多的兵力，在敌人附近活动，待敌调集人马图谋合击时，又悄然拉起，快速转移，使敌人疲于奔命，晕头转向，我们再乘机在敌人回撤的路上打伏击。三是我们经常打击他较弱的部分，如宣抚班、运输队等。经常破坏他的交通工具（如炸火车、汽车）、破坏道路等。当然，在有利情况下，我们也要主动打他较大的部队。四是遇到敌人的合击，一般采取三种应付办法。第一，我们转了又转乘机打人。如有一次我们一部驻洋河一带，敌以优势兵力来合击，我悄悄转移至另一村埋伏，当敌扑空退回时，其中一路反中我埋伏，活捉敌人 5 人。第二，反击其弱的一路突围而出，在可能情形下彻底消灭其被冲破的一路，有时更可实施反包围。第三，走不了就打到时机有利（如天黑）时再走，一般是在内可以据寨以守，外无撤退隐蔽之路，而敌人以结成火网的形势下。例如，去年 6 月 6 日，我们在邹平的刘家井子一带，被敌以两千优势兵力合击，从拂晓打到日暮以后才退出阵地。我一个叫巩耀森的战士，独自用一支步枪，接连打死 17 个鬼子。敌司令井口等四人也被我地雷炸得血肉横飞。这前面所谈不过是我们战术中常用的。

当然，游击战术是变化无穷的，在平原地区更有其特殊条件，但只要能得到民众的支持和帮助，胜利便永远属于我们。”

见李人凤的兴致越来越高，吴健继续问道：“听说三支队在两年半的时间内打了不少硬仗，取得了巨大战果。李副司令能不能给我们谈一谈？”

李人凤稍一停顿，说道：“这两年半我们三支队只路北一部，就经历 310 次战斗，毙敌 4500 余人，这是我们英勇牺牲和负伤的 1000 多名同志生命和热血换来的。我们的队伍就在这些不断的战斗中巩固着、扩张着、壮大着。然而，现在就有一些别有用心的家伙，却极尽诬蔑之能事，说八路军游而不击，事实是足够将这些荒诞无稽的谣言击得粉碎的。但游而不击的部队并非没有，一些只吃老百姓的粮，不替老百姓打鬼子，反而百般欺压老百姓的乱杂游击队着实不少，但他们里面没有一个八路军。”说到这里，李人凤露出了沉痛的表情。

“任何一支军队都不可能孤军奋战。”吴健接着问道，“您能不能谈一下那边友军的情形？”

谈到友军，李人凤的回答有些迟滞：“算起来，清河地区的友军不下 30 多支，但真能切实打鬼子的也不是很多，与我们的关系相处得还不错，而且大部分都能配合作战。有些杂牌游击队未能觉悟到爱护民众的重要性，尤其是他们非但不扶助民众，反而百般扰民，因此在敌人合击下便一败而不可收拾。这不能不说是抗战的损失。更有些人在敌人一面打击一面收买的政策下当了汉奸，像王葆团之流！但值得注意的是，这些扰害人民、投敌求荣的家伙平时多是反共反八路的马前卒。”

听到这里，吴健便接着问：“那儿的摩擦问题怎么样？”这又引起李人凤的话头：“摩擦问题到处都有，清河也不例外，不过大的公开的摩擦除了‘太河惨案’以外，最近还不太多。只有如上所谈的那部分别有用心的家伙，仍时刻不忘偷偷摸摸地对付八路军。我们对于制造摩擦的家伙是严肃的，我们的原则是‘人不犯我，我不犯人，人若犯我，我必犯人’。纵容了他们，就是做了对抗战事业不利的恶事。”

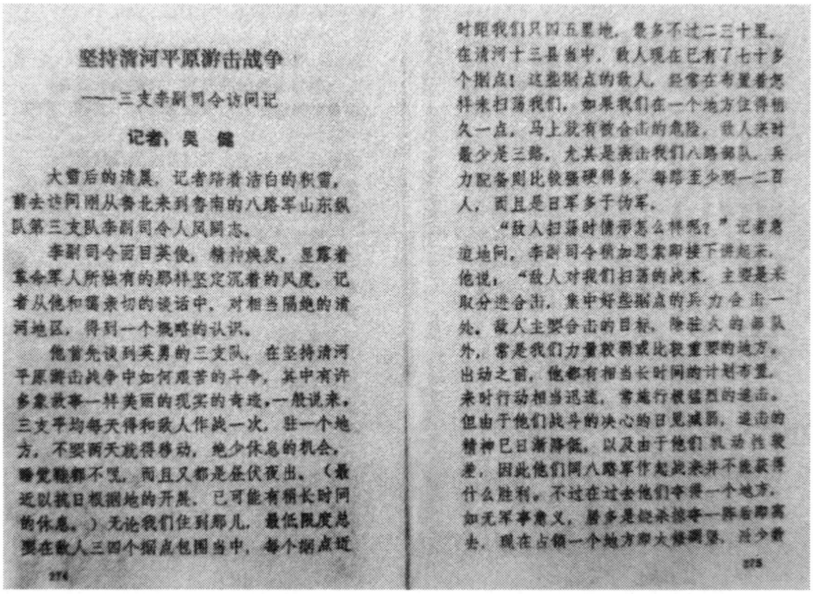

坚持清河平原游击战争

——三支李副司令访问记

记者：吴健

大雪后的清晨，记者踏着洁白的积雪，前去访问刚从鲁北来到鲁南的八路军山东纵队第三支队李副司令人凤同志。

李副司令面目英俊，精神焕发，显露着革命军人所独有的那样坚定沉着的风度，记者从他和蔼亲切的谈话中，对相当隔绝的清河地区，得到一个概略的认识。

他首先谈到英勇的三支队，在坚持清河平原游击战争中如何艰苦的斗争，其中有许多象故事一样美丽的现实的奇迹。一般说来，三支平均每天得和敌人作战一次，驻一个地方，不要两天就得移动，绝少休息的机会，睡觉[illegible]不见，而且又都是昼伏夜出。（最近以抗日根据地的开展，已可能有稍长时间的休息。）无论我们住到那儿，最低限度总要在敌人三四个据点包围当中，每个据点近

274

时距我们只四五里地，最多不过二三十里。在清河十三县当中，敌人现在已有了七十多个据点！这些据点的敌人，经常在考虑着怎样来扫荡我们，如果我们在一个地方住得稍久一点，马上就有被合击的危险。敌人来时最少是三路，尤其是袭击我们八路部队，兵力配备则比较坚硬得多，每路至少有一二百人，而且是日军多于伪军。

“敌人扫荡时情形怎么样呢？”记者急迫地问，李副司令稍加思索即接下讲起来，他说：“敌人对我们扫荡的战术，主要是采取分进合击，集中好些据点的兵力合击一处。敌人主要合击的目标，除驻大的部队外，常是我们力量较弱或比较重要的地方。出动之前，他都有相当长时间的计划布置，来时行动相当迅速，常施行极猛烈的进击。但由于他们战斗的决心的日见减弱，进击的精神已日渐降低，以及由于他们机动性较差，因此他们同八路军作起战来并不能获得什么胜利。不过在过去他们每侵一个地方，如无军事意义，最多是烧杀抢夺一阵后即离去，现在占领一个地方即大修碉堡，[illegible]

275

1940 年 2 月 25 日《大众日报》记者吴建对李人凤的采访报道(部分)(李晓岩 提供)

吴健的问题虽然一个接一个，但李人凤始终有问必答，不厌其烦。谈到这里的时候，又有人来访，吴健只好结束了采访。

在采访返回的路上,吴健禁不住浮想联翩:在清河平原这样艰苦的环境中三支队用鲜血和生命创造和写下了这么多骄人的战绩和动人的故事，而且凝聚了一种精神，那就是坚持党的领导,坚定革命信念,在红色旗帜指引下,乘风破浪,勇往直前。

三、丰碑

1

1939 年冬至 1940 年春。国民党顽固派掀起第一次反共高潮。

1939 年 11 月，国民党五届六中全会进一步确定了以“军事限共为主，政治限共为辅”的方针。12 月，国民党军队进攻陕甘宁边区，在山西，阎锡山制造“十二月事变”，重点进攻山西新军和八路军。

在这种白色恐怖的严峻形势下，八路军抗大一分校于 1940 年 1 月 13 日从晋东不远千里抵达中共中央山东分局驻地沂南县。此时的国民党山东省政府，为了巩固反动统治，开始在省内极力推行“新县制”，计划三年内完成。

对于沈鸿烈、于学忠等推行反动制度、攻击抗日民主政府的行为，中共中央军委向徐向前、朱瑞、陈光发出指示，针对沈鸿烈等顽固派，必须在自卫原则之下坚决消灭。

徐向前接受命令后第二天，立即组织召开山东宪政促进会，选举亓养斋为主任、范明枢为副主任。宪政促进会的一系列活动，对于揭穿国民党假行宪、真独裁的骗局，教育人民一致抗日发挥了积极的作用。

而就在国民党大搞独裁活动的同时，三支队的行动很快引起了日伪军的注意。

1940 年 3 月 3 日晨，利津、博兴、广饶、史口、玉皇堂等据点的日伪军 500 余人突然出动，将三支队东路指挥机关和第六分区特务连包围在博兴县东王文村，妄图全歼东路先头部队。

没等战士们吃完早饭，东路指挥部立即做出战斗部署，由特务连三排保护机关和群众撤退，一排、二排坚守村庄，紧紧咬住敌人，待机关和群众安全转移后再撤离。

在一排、二排的掩护下，东路指挥机关与特务连三排及部分群众很快朝着东王文村西北方向转移。此时，村外的日伪军已经迂回到离村庄不到一公里的地方。两个排的指战员在得知东路指挥机关和群众安全转移后，正欲向村外撤离，却见刚刚逃出村的一些群众又被敌人的骑兵堵了回来。500 多名日伪军把东王文村围得水泄不通。

撤退已不可能，既保护群众又能保护自己的办法只有一个——反击和冲锋！

有了这种信念，一排、二排 70 余名指战员，在指导员朱志明、副连长丁连荣的指挥下，团结一心，准备与敌人展开一场殊死决战。

战士们的意志和动向群众看在眼里，于是全村男女老少自觉加入反击敌人的行列，抬土的抬土，扛袋子的扛袋子，帮着子弟兵一起加固工事。有一名叫孙乐山的小伙子，手持打兔子的猎枪，坚决要求参加八路军的队伍打鬼子。

群众的巨大支持，极大地鼓舞了指战员战之必胜的信心，每个人子弹上膛，双目喷涌着复仇的火焰。

工事还没修好，敌人的进攻就开始了，密集的枪弹压得战士们一时抬不起头来。随着阵阵“咣咣”的声响，迫击炮弹落入民房、院中和街巷，硝烟遮天蔽日，笼罩了整个村子。

炮轰和扫射结束后，敌人开始发起猛烈进攻。占据有利地形的指战员化整为零，借助烟雾的掩护，隐蔽在工事中、墙垛旁，瞄准一个打一个。敌人在发动集团冲锋时，他们就集中火力进行覆盖。就这样，一个上午的时间，敌人先后进行了八次冲锋，两个排的指战员硬是没让敌人前进一步。

指战员们不怕牺牲、顽强战斗的过硬作风，让李人凤的心情难以平静。

2

“敌人多次受阻，一定不会善罢甘休。传我的命令，让一线指战员做好打硬仗的准备。”果然不出李人凤所料，中午时分，八次冲锋之后未能前进一步的日伪军重整队伍，发动新一轮的进攻，而且进攻的重点转到了村子北面。

“这次进攻由糟谷亲自督战，再无战果，请他剖腹以谢天皇！”日军指挥官宫本的电报指示传到前线，糟谷颤抖着双手举起指挥刀，声嘶力竭地喊道：“给我冲！”

刀刃威逼之下，日伪军重新调整部署，而且把他们的看家老底轻重武器全都搬了出来，甚至还用了催泪瓦斯。

面对输红了眼的强敌，二排官兵拼死抵抗。但毕竟敌我力量悬殊，他们一边巧妙地应对敌人的进攻，一边寻找最佳隐蔽场所。在相互交错掩护撤退的过程中，先后有四五名战士中弹牺牲，十几名战士相继负伤。

敌人趁机涌进村子，一排、二排硬是被分割在七八个院落当中。两个排的指挥员十分清楚，兵力越是分散，战斗力就越弱，被各个歼灭的危险就越大。

好在心有灵犀，一排长赵子豪趁敌人不备，抓住有利战机，带领身边的20余名战士率先杀出。听到熟悉的枪声和战友的喊杀声，连指导员朱志明、副连长丁连荣同时率领战士从另一个院落杀出，两支分队一边同敌人厮杀，一边向中间聚集。

会合后的战士们面对纷纷倒下的战友，面对气势汹汹的敌人，早已把生死置之度外。他们瞪着血红的眼睛，端着同样被血水染红的刺刀，喊着，叫着，冲向敌阵，从村西杀到村东，从前街杀到后街，所到之处，敌人非死即伤。

近距离的肉搏使敌人的重武器完全失去了作用，大势已去的日伪军只得收拾残兵败将狼狈撤退。

这次战斗以八路军牺牲21人、毙敌100余人宣告胜利。这是三支队转战小清河北进途中与日伪军展开的第一次交锋。这一仗不但打出了八路军的威风,扩大了三支队的影响,而且极大地鼓舞了小清河以北全体军民战胜敌人赢得抗战胜利的信心和决心。

与此同时,西路部队在李曼村、韩子衡的率领下进入高苑地区(今高青县东南高城镇)。队伍每到一处,即深入村镇,发动群众,力量不断壮大。

春日洋洋,万物复苏,据地下党交通员可靠情报,日军永田文部的酒见小分队30余人将在高苑县魏家堡集结。

听到消息,指战员们群情激昂,他们连夜在高苑县城进入魏家堡的必经之路排兵布阵,并在道路中间埋设了几十颗土地雷。

上午9时许,日军大摇大摆地出了城。当敌人进入伏击圈时,李曼村瞄准前面开道的第一辆摩托驾驶员就是一枪,摩托车瞬间失去控制,急速地打着“S”形,一头钻到路边的深沟里。随着指挥员的第一声枪响,地雷手同时拉紧了手中的拉线,长枪短炮射出的子弹冰雹般压向敌群。

这次战斗以日军小分队卫生员大喜正南被俘、其余官兵被全歼的战果在短短半小时内宣告结束,指战员们扛着两挺机枪、30余支步枪胜利回营。

一支小分队的覆没,又一次鼓舞了士气,震撼了敌人。此役之后,日伪军被迫将博兴县的浦台、小营、史口以及高青县田镇的据点全部撤除,清河地区抗日根据地得到扩大。此后,为了完成向小清河北进的任务,三支队又将屡次挑起摩擦的国民党保安十六旅驻寿光以西、广饶以东的成建基部 500 余人团团包围于广饶县纪家疃村。杨国夫亲率基干三营、基干一营一部，经过激战，打死打伤 200 余人，随后从广饶、博兴边界渡过小清河进至纯化镇、刘官庄一带，统一领导各部队的行动。

迅速发展壮大的三支队连战连捷，当地军民无不欢欣鼓舞，而这一地区的国民党顽固派却日趋惶恐不安。

1940 年 5 月，国民党山东鲁北行辕主任何思源与国民党鲁北保安司令刘景良纠集所属部队 4000 余人，组成“剿共联军”，兵分六路，向博(兴)北、广(饶)北地区进犯，企图趁三支队立足未稳之际一举歼灭之。

为击退顽固派的猖狂进攻，三支队决定将东、中路部队会合，并急调西路军火速东进。

按照总体部署，李人凤率部从三岔村渡小清河北上，经刘官庄、王浩、贺家一战，将号称顽固派精锐的“海军陆战队”击溃。同时，三支队一部在鲍剑寒参谋长的指挥下，将国民党保安十六旅张景月部 400 余人歼灭。九十月间，杨国夫、李人凤指挥部队又粉碎了高苑、青城、滨县、浦台边区国民党顽固派 6000 余人的联合进攻。

自此，国民党掀起的第一次反共高潮宣布破灭，反顽斗争取得重大胜利，抗日根据地迅速扩大，形成了西至周(村)青(城)公路、东至博(兴)浦(台)公路、南至胶济路、北至黄河的地域广阔的清河平原抗日根据地。

3

随着对敌斗争节节胜利，尽快扩大和建立巩固的抗日根据地，加强党的政权建设迫在眉睫。根据中共中央山东分局与八路军山东纵队的指示，清河区成立了由景晓村任书记、徐斌洲和杨国夫任委员的军政委员会，解决全局性的重大问题和统一指挥部队与地方的行动。接着，清河区党委、三支队专门召开会议，分析了当前形势，总结根据地建设的经验教训，做出了“边打仗边建设”的决定。在党的领导下，1939 年 7 月，清河区建立了第一个人民政权——临淄县抗日民主政府；10 月，建立了长山县

在反顽战斗胜利祝捷大会上，社会各界代表向杨国夫司令献花（李人凤 摄）

抗日民主政府。1940年4月，成立了清河区妇救会，李人凤的革命伴侣刘孟当选妇救会副会长，并被推选为参加全省妇救会代表大会代表，同时将“苏鲁青年联合救国会清河分会”改为“清河区青年救国会”。5月，成立了清河区国民参政会、行政专员公署，作为清河区最高权力机关，下辖十三个县，而后又相继成立了清河区农民救国联合总会、文化救亡协会。同时，各区、县建立了相应的群众组织，加强了党对政权建设的领导。

1940年10月，中共清河区第一次代表大会在博兴县纯化镇胜利召开，景晓村代表区党委作报告，着重解决了小清河北新区根据地建设的一系列问题，决定加快发展党的组织，发动群众加强地方武装建设，积极开展平原游击战争，建立巩固的平原根据地。根据中共中央山东分局指示，选举成立了中共清河区党委，景晓村任书记，下辖清东、清中、清西三个地委。这次会议，对于创建清河平原抗日根据地起了非常重要的作用。至1940年底，清河区先后建立了邹平、长山、临淄、广饶、寿光、博兴、高苑、蒲台、桓台、益寿边区9个县级民主政府和益北行政公署。与此同时，工、农、青、妇、文及自卫团也得到了迅速发展，为清河地区坚持抗日战争提供了可靠的组织保障。

为了适应抗战的需要，三支队主力于1940年11月奉命改编为八路军山东纵队第三旅，许世友任旅长，刘其人任政委，杨国夫任副旅长，徐斌洲任政治部主任，陈楚任副主任，马千里任参谋长。从这时开始，第三旅不仅有了主力部队机动作战，向西、向南、向北发展，还得到地方部队的支持与配合；不仅有了以清水泊为中心的小清河南根据地，还有了以八大组(垦区)为后方，背靠渤海，面向平原，与胶东区、鲁中区、冀鲁边区互为犄角，以博兴、广(饶)北地区为中心的小清河北根据地以及广大游击区。大家高兴地说："从前东西一条线，现在南北一大片，从前的根据地一枪能打透，现在纵横百里，自由自在随便走。"

与此同时，全面主政渤海行署的李人凤，积极发动并带领广大军民垦农田、灭蝗灾、剿顽匪、治黄泛，拥军支前，巩固政权，在广阔无垠的渤海大地树起一座不朽的丰碑。他投笔从戎，出生入死，抗击日本侵略者和国民党反动派的英雄事迹也被永远载入史册。

1992年，"临淄青年学生抗日志愿军训团纪念碑"在西关小学旧址落成，当年参加军训团的11名老战士55年后再相聚(李晓岩 提供)

尾　声

重温齐鲁大地艰苦非凡的抗战史，我们发现，在当时的大部分时间内，清河区是山东一个独立的战略区，辖区包括小清河两岸张店至昌潍段两侧各县，北至东营垦利等黄河口地区，西起济南、章丘，东到淄博临淄，潍坊青州、昌邑，南枕胶济铁路的广大区域。整个抗战过程中，清河特区直接参战的勇士达 500 余万人，而以临淄青年学生抗日志愿军训团为基础组建的八路军山东纵队第三支队十团，是这个地区最勇猛、最顽强也最活跃的一支抗日武装力量。

跟随着春天的脚步，抚摸着古齐大地的齐砖汉瓦，我们怀着朝圣的心情，来到齐国故都旧址的临淄区齐都镇西关村。在村北县立西关小学旧址，但见巍峨的"临淄青年学生抗日志愿军训团"纪念碑庄严矗立着，像一名威武的爱国志士，忠实地守望着这片英雄的土地。

80 多年过去了，当年诞生了"临淄青年学生抗日志愿军训团"的西关村，历经沧桑巨变，如今成为临淄交通便利、富庶美丽的文明示范村。而临淄青年学生抗日志愿军训团纪念碑所在地也经民政部门批准，成为鲁中地区有名的爱国主义教育基地。“学生军”作为战争中诞生、血火中成长的一支特殊的革命武装力量，其抵抗侵略、浴血奋战的爱国精神和坚忍不拔的革命意志，深刻影响了生于斯长于斯的齐都人民。李人凤和他所领导的“学生军”的英雄事迹也将被人们代代传颂，永垂史册。

花开的声音

（代后记）

有人说，夜深的时候，如果静下心来，可以听到花开的声音。

历经漫长的冰雪严冬，终于听到了春天的脚步。人们突然发现，万物开始苏醒，一些花已经开了，另一些花正在开放。

四年前的隆冬季节，为践行习近平总书记在文艺工作座谈会上的重要讲话精神，引领文艺工作者加强现实题材创作，市委宣传部、市委党史院、市文联联合组织了一场淄博市红色主旋律文学创作采风活动。这次活动不久，便确立了围绕抗日先驱李人凤抗击日寇、保家卫国的真实故事，创作一部长篇纪实文学作品的意向和选题。历经四个春秋的采访和撰写，文稿在2021年建党百年之前得以完成。又经一年多的审查孕育，终于在这样一个美好时日里与广大读者见面了。

像一粒种子，从埋进泥土开始，经过浇水、施肥、除虫、清草到最后走向成熟，收获归仓，粒粒果实中浸淫了众多人的心血和汗水。自市委党史院孙长年副院长从十几项采风选题中筛选推荐出这一课题开始，临淄区委区政府就高度重视，责成相关部门全力支持和配合。区委宣传部、区人武部、区文旅局等领导多次过问，市、区委党史研究部门对书稿进行认真审读，市、区文联作协及刘跃军老师就创作出版等事宜提出许多指导性意见和建议。在漫长的采访过程中，主人公李人凤之子李克立、李克实，临淄区皇城镇党委书记路庆峰，皇城镇南卧石村、朱台镇大夫店村、青州市何官镇石家村党支部书记李新生、路通德、刘炳义等提供了大量的资料和帮助。特别让我感动和感恩的是，去年6月本书成稿之时，中共淄博市委常委、淄博军分区王培泉司令员，中共临淄区委朱正林书记，不但把拙作看成是鲁中地区献给建党百年的特殊礼物鼎力支持，而且在百忙之中分别撰写序言和题词。此外，有关部门、镇办领导、各地亲友，持续关注创作进展情况，在此一并表示衷心的感谢！

落子无悔，抉择本身就是向前。无论生活，无论文学，无论大小，无论高远，每一次抉择，都是一次主动求变，都期待一场苦尽甘来。面对波谲云诡的百年未有之大变局，历史在流淌奔腾中会淘荡出新的河床，拓辟出新的走向。作为一名文学创作者，自当根植沃土，不辱使命，播撒光明，耕耘希望。正如《南方周末》2022年新年致辞所言：难以处处顺滑，但求不做浮萍；纵然身在沙漠，也要变身骆驼。

披荆斩棘，朝阳正艳。仿佛从遥远的星外传来诗人海子朴素而明丽的祈愿：从明天起，做一个幸福的人；我只愿面朝大海，春暖花开……

作者

2022年仲秋